【ワイド復刻版　解説付】

ぐらもくらぶシリーズ③

エロ・エロ東京娘百景

壱岐はる子　著／毛利眞人　監修

えにし書房

【ワイド復刻版 解説付】エロ・エロ東京娘百景　目次

十銭文庫と『エロ・エロ東京娘百景』

【ワイド復刻版 解説付】　エロ・エロ東京娘百景

十銭文庫と『エロ・エロ東京娘百景』

毛利眞人

Ⅰ　発禁本

二〇一三（平成二十五）年、酒井潔著の『エロエロ草紙』という書物が注目の的となった。この書物が注目されるきっかけは、文化庁eBooksプロジェクトの一環として国立国会図書館のデジタル化資料のうち十三作品が電子書籍化され、そのうち『エロエロ草紙』がダウンロード数のトップに躍り出た、という経緯がある。同書はのちに紙媒体でも書籍化されたが、何より一般社会の興味を惹いたのは、国会図書館のデジタル化資料で戦前の発禁風俗本が堂々と閲覧できる、という点にあった。「国立国会図書館と戦前のエロ本」という取り合わせには強烈なインパクトがある。

日本には戦前、出版物に対する検閲制度が存在した。一八九三（明治二十六）年に出版法が定められ、出版物は出版届と共に製本二部を内務省に納本する。なお新聞・雑誌は一九〇二（明治四十二）年に制定された新聞法によって検閲された。出版検閲は内務省警保局図書課が行ない、出版物に問題がある場合は

①発売頒布禁止（いわゆる発売禁止）
②削除処分（問題のある箇所を削除して頒布）
③分割還付（発売頒布禁止となった出版物から問題箇所を削除して還付し頒布）

という処置が取られた。どのような基準で検閲が行なわれたかというと、出版法の第十九条

> 安寧秩序を妨害し、又は風俗を壊乱するものと認むる文書図画を出版したるときは、内務大臣に於いてその発売頒布を禁じ、其の刻版及印本を差押ふることを得。

という項目に従っており、大きく分けて安寧（思想・犯罪関連）と風俗（エロ関連）によって検閲された。『エロエロ草紙』はもちろん後者に引っかかったのである。ところで、天下の国会図書館といえども発禁本のすべてを所蔵しているわけではない。

本書『エロ・エロ東京娘百景』は実は国会図書館にも所蔵されていない一冊である。エロ・グロ・ナンセンス期の真っ只中、壱岐はる子という正体不明の人物が書きも書いたり百項目にわたる風俗コントをふたたび世に問わんとするのが復刻の趣意である。各項目の必要と思われる箇所には注釈を加えた。よろしく昭和五年当時の読者となって、あられもないエロ・エロ娘の痴態を痛読せられたい。

Ⅱ　十銭文庫とは

十銭文庫とは一九三〇（昭和五）年九月、誠文堂が創刊したシリーズである。誠文堂は一九一二（明治四十五）年六月、小川菊松（一八八八〜一九六二）が創立した。もともとは小売店など顧客の注文に応じて書籍を取り揃え納入する書籍仲買業（セドリ）であったが、一九一三（大正二）年に出版業に転じた。一九二二（大正十一）年からは『商店界』『科学画報』などの雑誌出版にも手を広げ、多

分野にわたる趣味書と実用書で大きく販路を伸ばした。一九二四（大正十三）年に創刊した月刊誌『子供の科学』『無線と実践』は現在まで刊行が続けられている長寿雑誌だ。小川菊松は豊かな人脈と卓越した経営手腕で、予約出版による『世界地理風俗体系』『日本地理風俗体系』『大日本百科全集』（誠文堂とは別に小川が経営した新光社で出版）など大部の全集を次々に成功させ、出版界に独自の地歩を固めた。充分な経験と豊かな執筆陣を確保して、満を持して始められたのが十銭文庫である。

十銭文庫のサイズは一般的な文庫本より縦長・小ぶりでページ数も一〇〇～一二〇ページと薄い。価格は名に違わずわずか十銭。※「不要な文字を省き必要なエッセンスを提供する」と謳って発刊された。

ここで比較のために通常の文庫本を挙げると、岩波文庫は二十銭から一円、改造文庫は十銭から八十銭、新潮文庫や春陽堂文庫は十五銭から六十銭、とページ数に応じて価格が設定されていた。この煩雑な価格帯を排して一冊十銭という手に取りやすい均一価格にし、なおかつ著者陣には斯界のオーソリティーを迎える、というコスパの良さが十銭文庫の売りである。（註①）

十銭といえば、この文庫と同時期に全国展開した十銭《テンセン》ストアに触れないわけにはいかない。高島屋の均一品チェーンである十銭ストアはさしずめ今日の百円均一ショップの嚆矢で、一九二六年から高島屋内で試験的に均一品売り場を設けてチェーン展開の路を探っていた。十銭文庫が新聞紙上で大々的に波状広告を打ったり書店に専用コーナーを設けたりして評判になったのと時を同じくして、一九三〇年代に全国展開した。（註②）昭和初期といえば円タク・円本が喧伝された時代でもあるが、その十分の一の貨幣単位である十銭単位の大衆消費文化も盛んとなった時代なのである。十銭文庫は現代のコンビニ本感覚でお気軽に手に取れる商品としてヒットした。その目のつけどころは秀逸であったといってよいだろう。

十銭文庫は一九三〇年八月から第一期三十冊、第二期三十冊が大々的に売り出され、翌年三月にかけて全百冊が刊行された。シリーズの内訳は当時の新聞広告（一九三一年四月二十五日付・読売）によれば①スポーツ、②趣味・娯楽、③文学・思想、④音楽・美術・映画、⑤旅行・案内、⑥家庭・衛生、⑦政治・経済の七種類に分類されており、さらに用途別に分類すると、百冊のうち入門書・実用書・辞典が四十八冊にのぼる。ハウツー本で購買欲を煽るのは今も昔も変わらないようだ。

総計百冊のラインナップから今日でも知名度の高い著者を並べると、

（4）玉置眞吉『社交ダンスの手引』
（14）高浜虚子『俳句入門』
（22）川口松太郎『レヴューの話』
（23）古川緑波『映画のＡＢＣ』
（26）東郷青児『洋画の描き方』
（37）帰山教正『小型映画の撮影と映写』
（50）菊池寛『新文藝字典』
（54）堀内敬三『西洋音楽入門』
（58）岡本一平『漫画と漫文』
（71）松崎天民『京阪名物食べある記』

(75) 松旭斎天勝『素人手品百種』
(94) 高田稔『映画俳優になるには』
(95) 夏川静江『映画女優になるには』

このあたりは各分野の研究資料として興味深いであろうし、とにかく当時の各界第一人者を揃えたであろうことは、これらの顔ぶれからも容易に推察されよう。

一度に三十冊を一気に売り出して朝日・読売・東京日日など新聞各紙で広告を大々的に打ち、書店に専用の特設棚を設けてはじまった十銭文庫は、スタートこそ勢いがよかったが、同時にカオスのただなかで揉みくちゃにされた。たとえば『レコード名曲解説』は当初は山田耕作（＝耕筰）に執筆を依頼し、山田も快諾したものの執筆の時間が取れず、塩入亀輔[註③]（一九〇〇～三八）に交替した。おなじように黒田正夫『登山の知識』はいかなる理由か松内則三『野球の見方』に差し替えられた。このような差し替えは他にもある。[註④]また久保松勝喜代の『囲碁初段になるまで』は一九三〇年十二月一日の近刊告知にタイトルが出ているものの三月になっても原稿が出来上がらず、五月末の刊行にずれ込んだ。各文庫にはナンバーが振られているのだが、どうも原稿の出来上がった順に刊行したらしく、第二期発売分ですでに刊行は文庫の番号順でなくなっている。そうして第二期以降、新刊発売の足並みはおおいに乱れた。

冊数が多いためか、それとも故意なのか、波状に出稿された広告では新刊案内に既刊が混じっていたり、『レコード名曲解説』の執筆者が塩入亀輔に交替したにも拘わらず発行直前まで山田耕作のままになっていたり、書名の表記揺れが散見されたり、ナンバリングにずれが生じていたり、と大混乱を極めている。[註⑤]さらには発売禁止となった菱刈實雄『女ばかりの衛生』、壱岐はる子『エロ・エロ東京娘百景』、竹村文祥『趣味の生体科学』が（発売禁止）の但し書き付きで堂々と掲載されていたりするのだが、あるいは話題づくりのために敢えて情報を交通渋滞させたのかもしれない。

誠文堂の社主・小松菊松は、

> 十銭、廿銭の小型文庫は、売れさえすれば、これ程手がけよい、楽な仕事はない。が百巻二百巻の叢書となつて見ると、各巻のストックを用意するだけでも容易なことではない。そこへ競争者が出たり、飽かれたりすると一気に行きつまつて、案外にその尻が大きい。底知れずの地獄落しといつた形になる。わが誠文堂でも、昭和八《ママ》年に、「誠文堂十銭文庫」を企画し、短期に百冊を出版して主だつた小売店に陳列ケースを提供したりして、相当華美な宣伝等を試みたのであるが、期待した成果は得られなかつたし、調子に乗つて地獄落しの馬鹿を見てもツマラヌと思つて、残本か出ぬ程度に売り抜けて、後腐れなく打ち切つてしまつた。事実十銭本であれば、二万や三万の売行きでは、丸々儲けたところが知れたもの、身にも皮にもつかないし、気骨ばかりは一人前以上に折れるのだから、長くは続ける気にならなかつたわけである。（『出版興亡五十年』誠文堂新光社　一九五三）

と述懐している。十銭文庫は百冊出したところでこれを第一次刊

十銭文庫広告　読売新聞 1930 年 9 月 8 日付

十銭文庫広告　読売新聞 1930 年 9 月 27 日付

十銭文庫広告　読売新聞 1930 年 12 月 1 日付

十銭文庫広告　読売新聞 1930 年 12 月 24 日付

十銭文庫広告　読売新聞 1931 年 1 月 12 日付

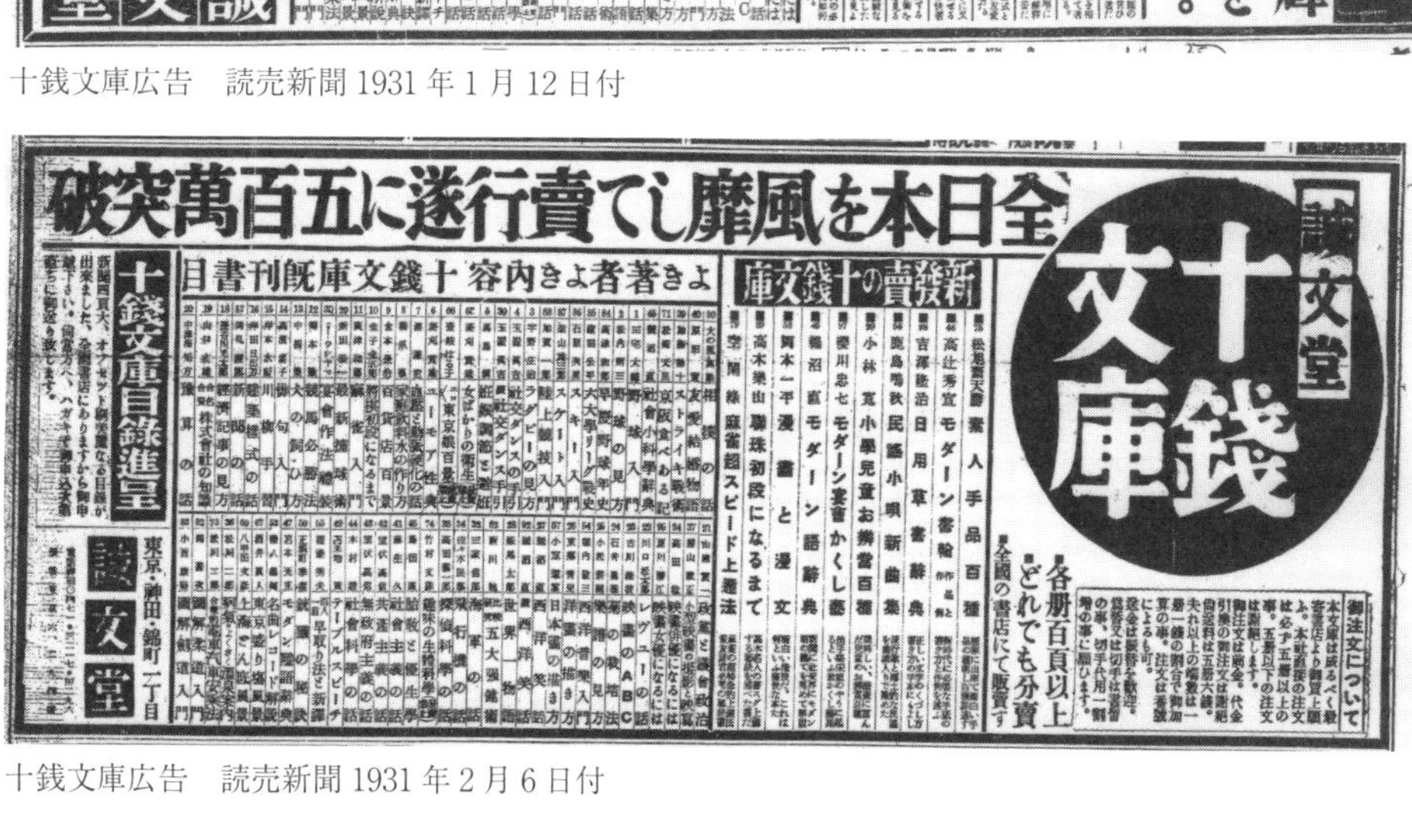

十銭文庫広告　読売新聞 1931 年 2 月 6 日付

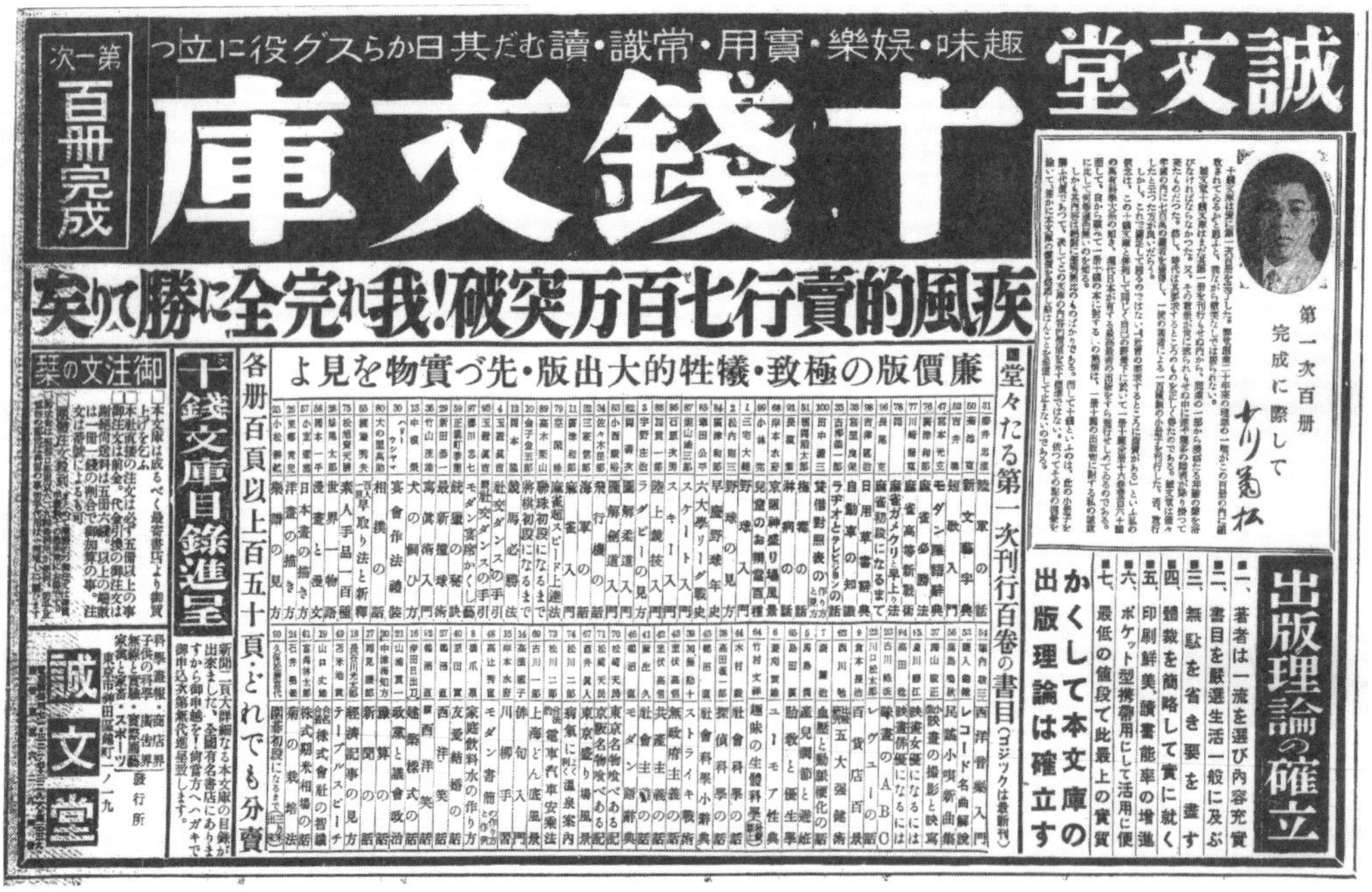

十銭文庫広告　読売新聞 1931 年 3 月 10 日付

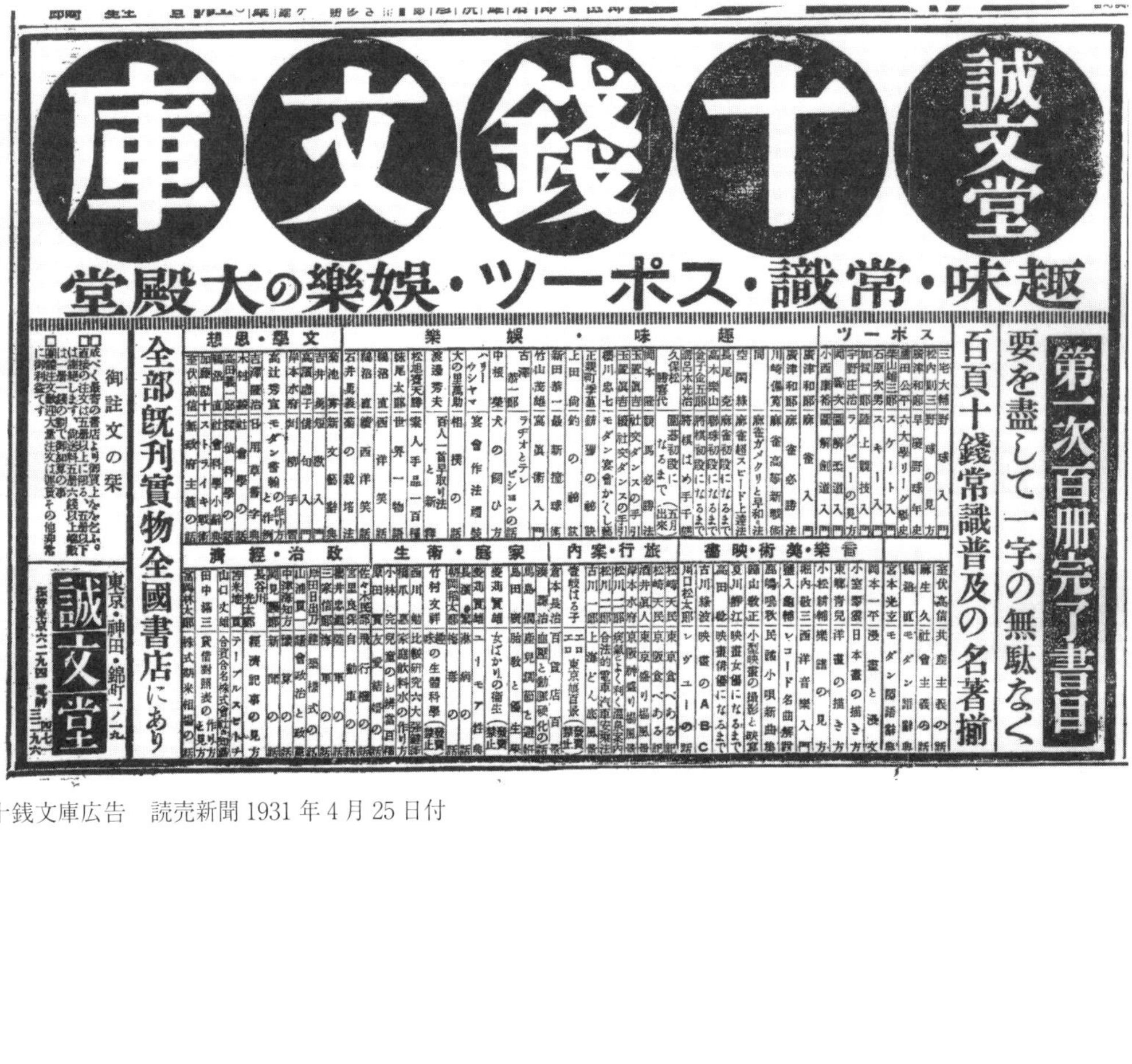

十銭文庫広告　読売新聞 1931 年 4 月 25 日付

行と称したが、ここに述べられているように小松は第一次刊行分で利益を上げると早々に十銭文庫を撤退した。そうして一九三二（昭和七）年には既刊の十銭文庫二冊分を一冊に合本する合わせ技で誠文堂文庫を発刊した。

『三都食べある記』（松崎天民の「東京名物食べある記」と「京阪名物食べある記」の合冊）

『図解本位　柔道と剣道の手引』（岡善次「図解柔道入門」と小西康裕「図解剣道入門」の合冊）

『映画とレヴュー』（川口松太郎「尖端を行くレヴュー」と古川緑波「映画のＡＢＣ」の合冊）

『三都盛り場風景』（酒井眞人「東京盛り場風景」と岸本水府「京阪盛り場風景」の合冊）

『療養本位　温泉案内（附）安価旅行法』（松川二郎「病気によく利く温泉案内」と「合法的電車汽車安乗り法」の合冊）

という風に関連性の濃い既刊を合本にして一冊二十五銭で売り、さらに儲けたのである。あるいは売れ残りの十銭文庫を処分するため、このような売り方を考えたのかもしれない。中には

『産児調節と避妊（附）友愛結婚の話』（馬島僴「産児調節と避妊」と原田実「友愛結婚物語」）

『一攫千金相場と競馬必勝法』（富田林太郎「株式期米相場の話」と岡本隆「競馬必勝法」）

といういささか強引な取り合わせもあるのが面白い。また松川二郎『三都花街めぐり』（同社発行の「全国花街めぐり」とは別物）や朝倉都太郎・古川一郎『満洲國遊興行脚（附）上海どん底風景』（「上海どん底風景は八甲田文彦名義で既刊）のように誠文堂文庫オリジナルの刊本も混じっているのだが、十銭文庫の企画に挙がりながら脱稿が遅くなった著作も混じっている可能性もある。

このように文庫で大いに当てた誠文堂はその後、一九三二年に新社屋を建設、一九三五（昭和十）年には新光社を合併して現在の株式会社誠文堂新光社となった。終戦後いち早く『日米英会話帳』をヒットさせ、戦前からの路線を継承して『日本地理体系』『世界地理体系』『最新園芸大辞典』など大部の辞典類を刊行したほか、『囲碁』『愛犬の友』『天文ガイド』『ねこ倶楽部』『陶工房』など広範囲にわたる趣味の雑誌を刊行して現在に至っている。余談ながら筆者も幼少時に『切り抜く本・よく飛ぶ紙飛行機集』で飛行機を拵えて飛ばして遊んだ。筆者が趣味の世界へ突進する扉を開いたのは、いま思えば誠文堂新光社なのである。

Ⅲ　エロ・エロ東京娘百景の成立と発禁まで

『エロ・エロ東京娘百景』は一九三〇年十一月十五日に発行された。十銭文庫は基本的に各界知名の専門家によって執筆されているが、この本だけは誠文堂が懸賞募集した十銭文庫原稿の当選作である。著者の壱岐はる子は、このふざけた名前から察して筆名と思われる。その正体は不明であるが『エロエロ草紙』の酒井潔や類似の軟派本の作者と似通った体臭を、軽妙で無責任な筆致に認めることができよう。

本扉や奥付には『エロ・エロ娘百景』の書名が記されており、これが原タイトルで発行時に『エロ・エロ東京娘百景』と改題されたものと知れる。著者名も表紙や出版目録では壱岐はる子であるのに関わらず本書内扉では壱岐晴子という表記となっている。このような表記揺れは十銭文庫はじめ昭和初期の軟派本ではおなじみの光景であり、その編集の杜撰さもまた十銭文庫らしい。刊行から約一ヵ月後の十二月二十三日、おなじ誠文堂十銭文庫の『女ばかりの衛生』(菱刈實雄著)と共に出版検閲で発売禁止(風俗)の処分が下った。『エロ・エロ東京娘百景』発禁の報が掲載された「出版警察報第二十八号」(一九三一年一月発行)には、他に

皆川四郎治『愛の契』(近代書房　一九三〇年十一月二十四日禁止)

高橋邦太郎『世界猟奇全集(4)　巴里のどん底』(平凡社　同二十六日禁止)

酒井潔『談奇群書第二編　エロエロ草紙』(竹酔書房　同十二月二日禁止)

小川秀嶺『国際恋愛歓楽境　ホンモクホテル』(花柳通信部　同十八日禁止)

などの発禁書物が挙げられている。大阪の法令館が刊行した尖端エロ叢書に至っては一九三〇年十二月八日、『巴里上海ヱロ大市場』、『成功百パーセント　エロ新戦術』『エロ百パーセント　モダン花嫁結婚初夜物語』『恋愛戦術異常なし』『女優の赤裸々　エロ戦線異常あり』『何が女給をそうさせたか』全六編(編集・発行者は全て榎本進一郎)が一挙に発売禁止処分を受けた。壮観である。(註6)

出版警察報は、発行禁止となった書物の検閲に引っかかった箇所を律儀に掲載しているのが特色である。いわば発禁本のホットシーンをよりすぐって載せているわけであるが、残念ながらこの第二十八号は社会主義思想本の摘発に追われて紙幅が確保できなかったのか、『エロ・エロ東京娘百景』の何が問題となったのか記されていない。しかし容易に推測はつく。職務放棄、不倫、五股六股の多重恋愛……と社会規範を外れたアヴァンチュールがてんこ盛りなのである。描写が淡白なのでひとつひとつのエピソードは淡いピンクなのだが、いくつも重ねると濃厚なピンクとなる。そのただごとでない桃色の雰囲気が、「これはけしからん!」と検閲官をしてこの書籍を発禁処分にさせたのであろう。

Ⅳ　内容について

『エロ・エロ東京娘百景』というタイトルのとおり、百の項目から成る。際立っているのは、構成が第一景から第六十景までと、第六十一景から第百景まで、大きく二つに分かれていることである。

第一景~第十景……デパート店員
第十一景~第二十景……オフィス・ガール(職業婦人)
第二十一景~第三十景……女子高生・女学生
第三十一景~第四十景……女工(プロレタリア)
第四十一景~第五十景……令嬢(ブルジョワ)
第五十一景~第六十景……女中

前半の六十景はこのように職業別にきちんとまとめられているの

に対して、後半部は女給やモデル、女優、無軌道なフラッパー、タクシー運転手、バスガールや銭湯の娘や派出婦などが混然と入り乱れている。中には前半部ですでに取り扱われた職業婦人や女子高生、令嬢なども顔を出す。この後半部は「猟奇的なエロ・エロ模様」というテーマで一括りになっているようだ。それは職業上のエロサービスであったり、職業を離れて自分の欲望を満たすためのエロサービスであったり、多重恋愛、マゾヒズム、誘う娘、男妾を囲う女、秘密を持った女、と開けてびっくり玉手箱である。この一冊を俯瞰すると、前半部はそれぞれの職業に応じた娘たちの生態を緻密に描き出したストーリー仕立てで、後半部は刹那的に粗い描写を重ねたモザイクということが出来る。ただし、この中に真実は何ひとつ無い。性に奔放すぎる娘たちの行状を描き出す筆致には、軟派本に共通する男性の願望が剥き出しとなっている。『エロ・エロ東京娘百景』の価値は実はエロコントの内容ではなく、十銭にふさわしい軽薄な都会趣味と尖端風俗を切り抜く一瞬の鋭い視点にある。ことに背景となる東京の街の描写には具体的に特定できる建物や店、工場などが散見され、荒唐無稽なラヴ・アフェアーにリアリズムを与えているのだ。

V　エロ・エロ東京娘百景と娘アラモード

エロ・グロ・ナンセンスは一大消費文化の時代である。夥しい量の娯楽雑誌や軟派本が書店の店頭を賑やかし、豪華な装丁の珍書が高額であるにもかかわらず予約頒布の定員を満たした。エロ歌謡もその一翼を担う消耗品であった。当時はエロ歌謡という名称はなく、エロ唄、エロ小唄、エロソングやそれに類した呼び方であったが、海外の楽曲やリズムをネタ元とするジャズソング、大正期から流行をみせていた抒情歌や新民謡などと共に昭和初期のレコード歌謡群に独特な一グループを築いていた。

エロ・グロ・ナンセンスという時代相の特徴上、エロ歌謡はすなわち尖端的な流行を掬いあげたモダン歌謡でもあった。時代の流行はエロであり、モダン文化であったからそれらが歌謡という形をとって渾然一体となるのはごく自然な現象であった。昭和初期のモダン歌謡・エロ歌謡の歌詞に現われる尖端的な単語の多くは、当時のモダン語辞典や新聞・雑誌・軟派本に由来を見つけることができる。

エロ歌謡は、軟派本がそうであったように蠱惑的なシチュエーション、刺激的な単語、思わせぶりな展開が盛り込まれており、エロ本（この言葉も昭和初期の産物だ）の描き出す遊蕩的な情景・情緒の歌謡化と言うにふさわしかった。音楽的にはリズムの強調されたラグタイムやフォックス・トロットからジンタの如きブンチャ節、書生節の流れを汲んだ情緒纏綿としたメロディーまで多彩な要素が活用されている。

もっとも一九六、七〇年代のお色気歌謡はいざ知らず、昭和初期のエロ歌謡を聴いてそこからエロを感じ取るのはむつかしいだろう。それは「エロ」をめぐる感覚が、刺激的な情報に囲まれている今日の私たちと昭和初期の青年男女とでは大きくかけ離れているからである。エロ歌謡とはいっても戦後のお色気歌謡のように濃厚なエロ

二村定一

の雰囲気が漂う楽曲はまれである。エロ・ブームという社会現象そのものをテーマとしたり、流行語を散りばめて恋を歌い上げたり、というパターンが大多数なのである。たとえて言うなら、鰻丼の香りはすれども御本尊の鰻丼が見当たらない、というもどかしさに通じるだろう。さらにまた、甘えたり媚びたりするようなお色気全開の歌唱は昭和ヒト桁時代にはまだ確立されていなかった。エロ歌謡とはいっても、そのエロたる所以は歌唱スタイルではなく、歌詞の内容に大きく負っていた。文脈のエロとでもいおうか。過激な描写の軟派本や珍書が数多く発売禁止となったように、レコード歌謡におけるエロ表現は自ずから限界があったといえよう。

さて、先に「当時のモダン語辞典や新聞・雑誌・軟派本に由来を見つけることができる」と記したが、ただ単にジャーナリスティックに喧伝された流行を歌い込んだのでなく、明らかに出典が認められるおそらく唯一のエロ歌謡がある。流行を機敏にレコードに採り入れた太陽レコードが一九三二年五月新譜で発売した流行歌『娘アラモード』（内山惣十郎＝作詞、山田甚＝作曲、二村定一＝唄）がそれである。この流行歌の歌詞は、本書の第二十九景「女学生隠語集」（及び第三十景「電車小景」）に出てくるモダン語で占められており、『エロ・エロ東京娘百景』に基いて企画されたレコードであると考えられる。歌詞を見てみよう。（註7）

あの娘とてシャン　素的な美人
けれど浮気な　カメレオン
インハラベビーで　身持ちなの

別表・娘アラモード歌詞とモダン語辞典

	エロ・エロ東京娘百景	モダン語漫画辞典	モダン用語辞典	社会ユーモア・モダン語辞典	隠語辞典
とてシャン	○	×	×	×	○
カメレオン	○	○	×	×	×
イン、ハラ、ベビー	○	○	○	○	×
にくシャン	○	△（「肉体シャン」）	△（「肉体シャン」）	○	×
エルさん	○	×	×	△（「エル」）	△（「エル」）
ペチャリスト	○	×	×	×	×
すたシャン	○	△（「スタイルシャン」）	△（「スタイルシャン」）	×	×
パリ	○	×	×	○	×
どてシャン	○	×	×	×	○

そこが当世アラモード

あの娘にくシャン　肉体美人
そこでエルさん　五六人
とても濃厚　ペチャリスト
そこが当世アラモード

あの娘すたシャン　スタイル美人
後ろ姿は　パリだけど
色は真っ黒　どてシャンよ
そこが当世アラモード

この歌詞に登場するモダン語の意味は第二十九景「女学生隠語集」を参照いただきたい。これらのうち「インハラベビー」「とてシャン」は当時流行した新語で、モダン語辞典にもしばしば掲載された。しかし、「にくシャン」「すたシャン」は他のモダン語辞典では「肉体シャン」「スタイルシャン」で掲載されており、特に「すたシャン」は『エロ・エロ東京娘百景』にのみ見られる用例である。同様に「ペチャリスト」「ドテシャン」も他のモダン語辞典にはほぼ載っていない。「パリ」は、「女学生隠語集」には出てこないが、次の第三十景「電車小景」に使われている。昭和初期に刊行された代表的なモダン語辞典数点のうち、この歌詞に出てくるモダン語を全て含むのは『エロ・エロ東京娘百景』のみであり、すなわち『娘アラモード』の直接の出典と推測されるのである。（別表参照）

二村定一の『娘アラモード』は、一九三二年にリリースされた時は問題とならなかった。レコード検閲は一九三四（昭和九）年から始まるので、そもそもエロ歌謡を取り締まる法律がなかったのである。一九三六（昭和十一）年、太陽レコードの旧譜を廉価に販売するヤヨイレコードで『娘アラモード』を再発売しようとした際、歌詞の数カ所が検閲に引っかかって発売頒布禁止となった。（註⑧）

・イン腹ベビーで身持ちなの→「イン腹ベビー」トハ淫奔ノ結果妊娠セル意味
・あの娘肉シャン肉美人
・其処でヱルさん五六人→「ヱル」トハ男根ヲ意味シ情夫ト解セラル
・色は真黒ドテシャンよ

出版警察報に掲載された検閲箇所はいささか牽強付会である。「ヱル」トハ男根ヲ意味シ……という箇所は、おそらく検閲官が「ヱル」をLサイズの男根と早合点したのであろう。レコード検閲は毎月大量にリリースされるレコードに加え、過去に発売された旧譜にも目と耳を通さねばならなかったため、検閲官のたくましい想像力がこのように歌詞の意図を飛び越えることもあった。いずれにせよ、エロ歌謡が野放し状態であった一九三二年のエロ歌謡は一九三六年には刺激が強かったようで、同年十二月二十四日に禁止処分が下されたのであった。

ちなみにレコード検閲の手順は、まず歌詞カードを吟味して問題になると判断したレコードを絞り込み、そのレコードを実際に聴いて問題ありと判断したものを稟議にかけて、処分を決定していた。初期のレコード検閲はたった二人の検閲官がこなしていたため、膨大な量のレコードを効率よく処理する必要があったのである。『娘アラモード』での二村定一の歌唱はこぼれるようなニヤけた親不孝声で遊蕩気分が濃厚。出版警察報の処分要項には挙げられてないが、この二村の歌いぶりも検閲官の心証を害したに違いない。（註⑨）『エロ・エロ東京娘百景』と同時代のエロ歌謡群はまちがいなくクロスオーバーしている。では、エロ歌謡をBGMに戦前の内務省警保局図書課検閲官になりきって、これから痴の世界を冒険しようではないか。

註

① 高島屋が十銭ストアを大阪難波・南海店に試験的に開設したのは一九三〇年十二月のこと。その後、一九三一（昭和六）年八月に東京・大阪・京都の三都に展開した。一九三二年五月からは二十銭の商品も並べ「十銭・二十銭ストア」と称した。さらに一九三七（昭和十二）年には五十銭の商品も取り扱う「十銭・二十銭・五十銭ストア」となった。一九三九（昭和十四）年からは名古屋にも展開して国内最大のコーポレートチェーンを形成したが、戦時体制下の配給統制政策に沿って配給機関に転換せざるを得なかった。戦後に再建し、現在はイズミヤ傘下の「カナート」として存続している。

② 十銭文庫の逆を行ったのが四六書院の「通叢書」である。四六版という文庫より一回り大きい版で百数十ページあり、一半の文庫書としても高い価格帯の七十銭均一。趣味性の高い、文字通り通向けのシリーズで一九三〇年から三一年にかけて四十七点を刊行した。

③ 塩入亀輔は東京・築地生まれ。早稲田大学独法科を出て、読売新聞社会部、新交響楽団の機関誌「フィルハーモニー」編集部を経て「音楽世界」誌主幹となった。音楽ジャーナリストの草分けで、ジャズ愛好家としても知られた。「最新音楽辞典」（岡田日栄堂 一九二九）、「ジヤズ音楽」（敬文館 一九二九）などの著作がある。

④ 富永林太郎『株式期米相場の話』と妹尾太郎『日本一物語』は同じナンバリングでそれぞれ朝隈滔太郎『梅毒の話』、長濱繁『淋病の話』に差し替えられている。

⑤　十銭文庫の予告に掲載された書名のいくつかは出版時に変更されている。読売一九三〇年十二月一日広告に掲載された古澤恭一郎『ラヂオのＡＢＣ』は同三一年三月十日広告では『ラヂオとテレビジョンの話』にタイトル変更。川口松太郎の『レヴューの話』も『尖端を行くレヴュー』に改題されている。なお、十銭文庫の広告は読売のほか朝日、東京日日などに出稿されているが、内容がほぼ同一であるので本書では代表して読売新聞のデータを用いた。

⑥　全六作が国会図書館デジタルコレクションで配信されている。著者名は『エロ百パーセント　モダン花嫁結婚初夜物語』が絵呂嶋粋人となっており、他の五冊は尖端軟派文学研究会編という名義になっている。また、『女優の赤裸々　エロ戦線異常あり』は内扉では『女給の内幕バクロ　エロ戦線異常あり』と題されている。

⑦　作詞者の内山惣十郎（一八九七〜一九七三）は浅草オペラ時代から活躍した脚本家で、昭和に入ってからは電気館レヴューの脚本演出や日劇の演出部長を務めた。浅草オペラの貴重な証言となっている『浅草オペラの生活』を著した。作詞家としては劇団「プペ・ダンサント」「ピエル・ブリヤント」に関係して、榎本健一、二村定一のコミックソングを数多く手掛けた。

⑧　太陽蓄音器株式会社は一九三一年七月に設立され、翌三二年三月下旬に第一回新譜を発売した。発行所は麹町区内幸町（現千代田区霞ヶ関）で、眼の前に衆議院があった。一九三三年に太陽レコードが破産した後は、蒲田区六郷町（現大田区南部）に存在したプレス工場内に東京レコード製作所が設立され、旧太陽レコード原盤を「ニュータイヨー」「ヤヨイ」などの廉価ブランドでプレスした。また、斎藤商店が発行元となって米ＡＲＣ（アメリカン・レコード・コーポレーション）社と原盤契約を交わし、ジャズレーベル「ラッキー」をプレスしたことでも知られる。東京レコード製作所は一九三八年上旬に閉鎖された。

⑨　エロ歌謡のあらましとレコード検閲のせめぎあいについては、拙著『ニッポン　エロ・グロ・ナンセンス　昭和歌謡の光と影』（講談社選書メチエ　二〇一六）にまとめた。また『娘アラモード』を含む昭和初期のエロ歌謡群は筆者監修で『ねえ興奮しちゃいやよ　昭和エロ歌謡全集一九二八〜三二』（ぐらもくらぶ　二〇一四）および『ニッポン・エロ・グロ・ナンセンス　モガ・モボソングの世界』（ＪＶＣケンウッド・ビクターエンタテインメント　二〇一六）でＣＤ化している。

編集部註※　参考までに当時の物価の例を挙げると、コーヒー一杯（東京の喫茶店の平均、昭和一〜五年）が十銭。朝日新聞（大阪）の月決め購読料が九十銭であった。（『値段史年表明治・大正。昭和』朝日新聞社　一九八八年）

ハート美人広告　読売新聞 1930 年 9 月 5 日付

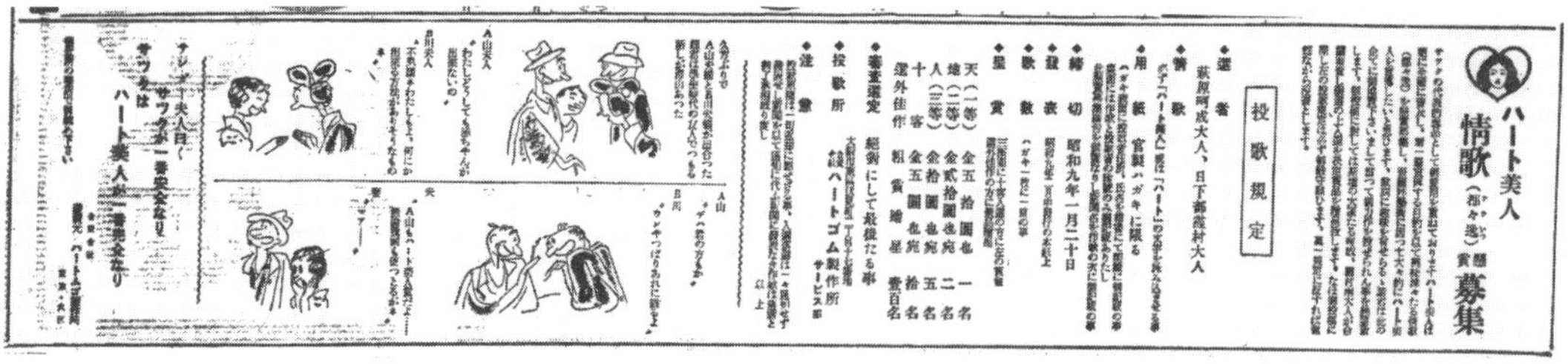

ハート美人広告　読売新聞 1931 年 1 月 8 日付

ハート美人広告　読売新聞 1932 年 1 月 30 日付

ハート美人広告　読売新聞 1933 年 1 月 10 日付

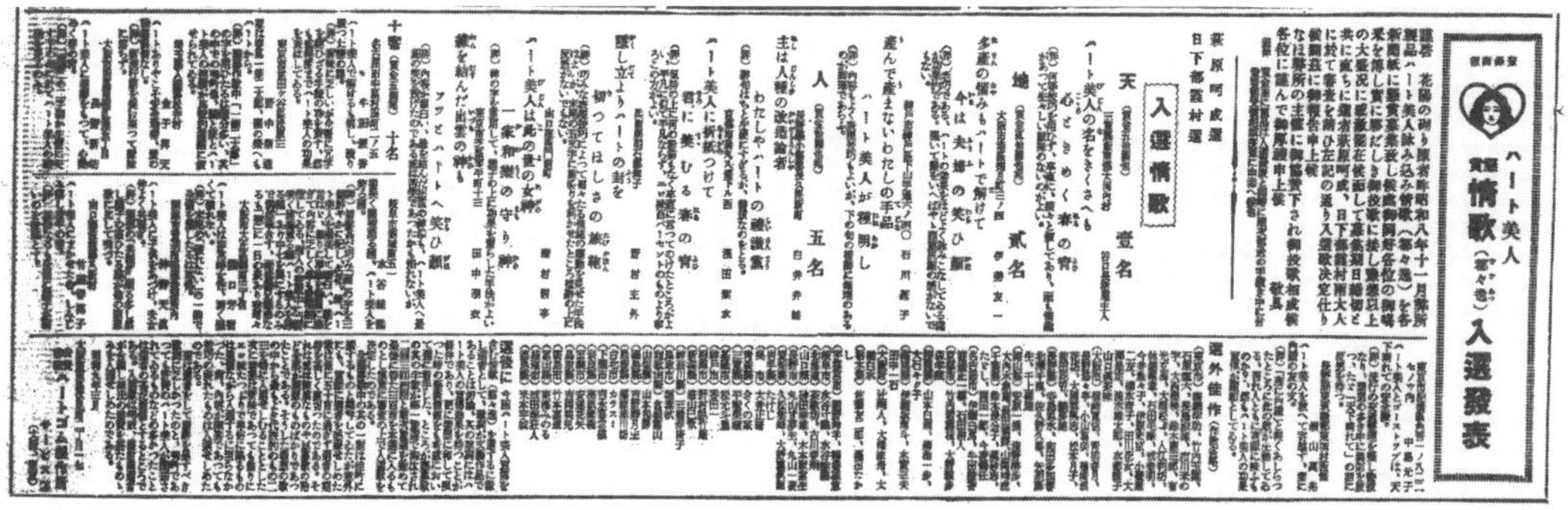

ハート美人広告　読売新聞 1934 年 3 月 11 日付

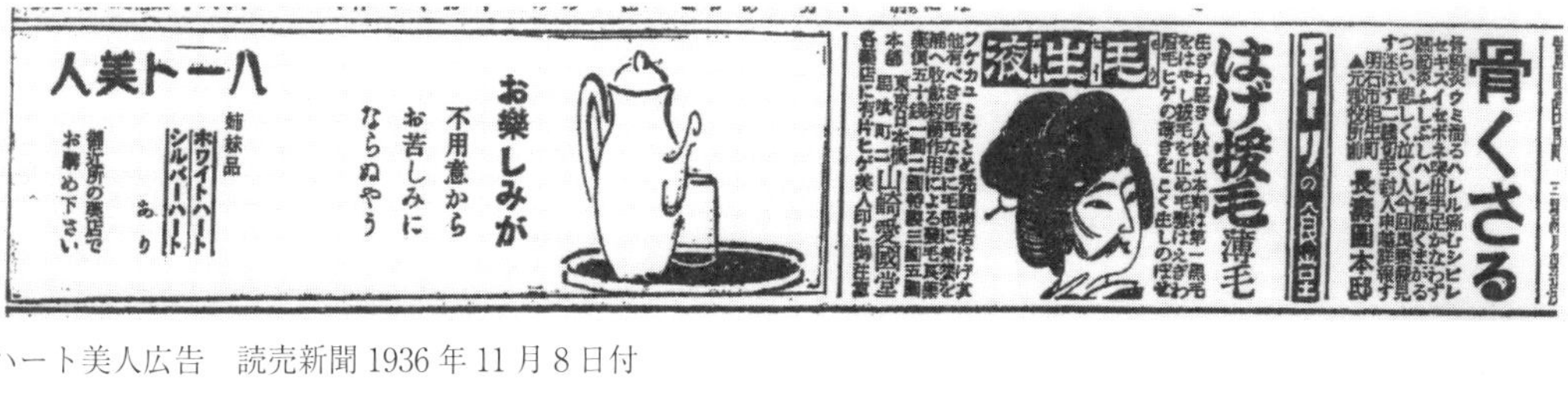

ハート美人広告　読売新聞 1936 年 11 月 8 日付

(月曜日)　第一万九千百六十九號　【七】

エロエロナジケン

九二〇年的エロ時代、イワユル『尖端』に咲き出でた情感のモダン態様は、百パーセントのスピードで『大衆化』して、銀座のペーヴメンにも、ドブ板の上にも、エロ、エロの彩りは五色にあやなすさてこそ、警察廳令第、等のいかめしい『取締り線上』を出沒するイロイロなエロ的『事件』から、時節柄涼味タップリなユーモアーを探らうといふわけ——題して『エロエロナジケン』……

膏藥代はオヂヤン

四日の夕方、織るやうな人通りの牛込肴町に駛つて來たは四谷宮益坂のリングガレーヂの円タク運轉手杉山某（二七）運轉ブブーと頻りに人を避けて居たがどうしたはずみか前を歩いてゐた婦人、どいてくれるだらうと思つてゐたのに突き倒して終つた。婦人は頭を打つて昏倒する、見る〳〵瘤が出る、忽ち黒山の人だかり、神樂坂署の巡査が駈けつけるといふ騒ぎ、やがて蘇生した婦人（牛込改代町　の八大工職山出義助（三二）＝假名＝）自動車をつかまへて治療代を出せと云ひ出した、運轉手は出せないと頑張る、結局本署で交通主任が取調べると義さんの曰く『イヤ實はソノ神樂坂のきれいな姐さんが通つてたもんでつい後姿に見惚れてゐるところをこの自動車のやつ轢き倒しやがつたんで……』と頭を掻いちまつたので膏藥代はオヂヤン

日比谷交叉點の怪

日比谷交叉點を中心に深夜のやうに廿六歳の青年が現れて通行く男に秋波を送る、十七八歳の少年を見ると追ひ廻した揚句に日比谷公園の暗闇へ連れ込む——と云ふ噂を聞いた日比谷署の[illegible]刑事が[illegible]通りかかると[illegible]出かけると件の青年、刑事と知らずに妙な素振りをしたので『此の野郎ッ』とその儘本署に引致、取調べると麹町區平河町にゐる鹿兒島縣出身の青年某（二〇）、叱言だけで歸された

忽ち消えた甘い夢

昨晩のこと、大森[illegible]風呂[illegible]芳の[illegible]にボカ〳〵キヤーッと云ふ男女混合の喧嘩沙汰、刑事が飛び込んで取鎮めた上取調べると、御同伴の御客同士の一方の男が部屋を間違へて飛び込んだのが喧嘩の起り、双方共に爪傷の血を拭き〳〵同伴諸共其の夜は大森署へ泊らされた男は二人共に會社員、女は一人共にカツフエーの女給

日華親善の野外劇

五日の夜十一時頃小石川江戸川公園[illegible]のベンチで飛んだ濡れ場を地で行[illegible]つてゐる若い男女を大塚署の刑事が取押へた、引致して取調べると女は牛込區矢來町一〇で素人下宿をしてゐる白石けなの長女萩江（二〇）＝假名＝、男は同家に止宿してゐる中華民國人で市外入井町の[illegible]育學校　年生玉國良（二〇）、萩江は某高女を卒業後自宅で母の手助けをしてゐる間に、玉さんのモダン振が馬鹿に氣に入つちやつて終ひに到頭日支親善の國際戀愛とまで進んだが、お父さんが國際結婚を[illegible]せないワカラズやで眼玉を光らせるので止むなく野外劇となつた譯、母親を呼び出して警察でも日華親善の必要を解いて釋放したが江戸川公園には其の晩他にも二組の野外エロ劇があつたが、『夏の夜は暑いからだね、クス〳〵……』と刑事

マゾヒズムの標本

北紺屋署へ年なら廿六七の丸髷の女が万引で擧げられた、刑事部屋で啖呵を切つて刑事に惡態を吐くのが只の様子ではない。東大工町三二の夫會社員古川由[illegible]（三三）＝假名＝を喚び出して引渡したが、その夫の告白に『此の女は毆れば毆る程喜ぶんで手がつけられないんです、盗みたくはないんですが惡いことをしては私に毆られたいんですから困ります、變な女もあるものです』とある。千葉の相當の家の娘だつたさうだが、こんなのがマゾヒズムの標本だと係官の内證話

こいつひどい野郎

牛込神樂坂署へ近頃頻々と婦女子の暴行事件の訴へが來る、五日夜も十一時頃加賀町二ノ一戸田子爵邸門前の暗やみで女の悲鳴が聞えるので巡査が駈付けて取押へた男は神樂坂名代の菓子屋紅谷の雇人淺見弘光（二三）で女は加賀町二ノ六矢田ふみゑ（二〇）と判つた淺見は二年間奉公するうち主人の信用を得ながら夜は女の跡をつけては昨年五月以來付近矢來町一一田中武雄代[illegible]士夫人の通行中飛付いて怪しい振舞をしかけた外二十餘名の女學生や女給に暴行[illegible]な代物

エロエロナジケン記事　読売新聞 1930 年 7 月 7 日付

誠文堂十銭文庫一覧

号数	著者	タイトル	新聞広告（読売）	備考
1	三宅大輔	野球入門	1930年9月8日朝刊	
2	松内則三	野球の見方	1930年12月1日朝刊	
3	宇野庄治	ラグビーの見方	1930年9月8日朝刊	
4	玉置眞吉	社交ダンスの手引	1930年9月8日朝刊	
5	馬島　僩	産児調節と避妊	1930年9月8日朝刊	
6	菱刈實雄	ユーモア性典	1930年9月8日朝刊	
7	湊　謙治	血圧と動脈硬化	1930年9月8日朝刊	
8	橋爪　恵	家庭飲料水の作り方	1930年9月8日朝刊	
9	倉本長治	百貨店百景	1930年9月8日朝刊	
10	金子金五郎	将棋初段になるまで	1930年9月8日朝刊	
11	広津和郎	麻雀入門	1930年9月8日朝刊　表記は「麻雀必勝法」	↓出版時に改題。12月1日の広告では訂正
12	岡本　隆	競馬必勝法	1930年9月8日朝刊	
13	中根　榮	犬の飼ひ方	1930年9月8日朝刊	
14	高浜虚子	俳句入門	1930年9月8日朝刊	
15	岸本水府	川柳手習	1930年9月8日朝刊	
16	岸田日出刀	建築様式の話	1930年9月8日朝刊　表記は「建築の話」	↓出版時に改題。12月1日の広告では訂正
17	岡見護郎	新聞の話	1930年9月8日朝刊	
18	長谷川光太郎	経済記事の見方	1930年9月8日朝刊	
19	山口丈雄	合名、合資、株式会社の知識	1930年9月8日朝刊　表記は「株式会社の知識」	↓出版時に改題。12月1日の広告では訂正
20	中津海知方	予算の話	1930年9月8日朝刊	
21	山浦貫一	議会政治と政党	1930年9月8日朝刊	
22	川口松太郎	尖端を行くレヴュー	1930年9月8日朝刊　表記は「レヴューの話」	
23	古川緑波	映画のABC	1930年9月8日朝刊	
24	石井勇義	菊の栽培法	1930年9月8日朝刊	
25	小松耕輔	楽譜の見方	1930年9月8日朝刊	
26	東郷青児	洋画の描き方	1930年9月8日朝刊	

27	鵜沼　直	西洋笑話	1930年9月8日朝刊	
28	妹尾太郎	世界一物語	1930年12月1日朝刊	
29	新田恭一	最新撞球術	1930年9月8日朝刊	
30	ハリー・ウシヤマ	宴会・作法・礼装	1930年9月8日朝刊	
31	櫻井忠温	陸軍の話	1930年12月1日朝刊（近刊書目）	
32	三家信郎	海軍の話	1930年12月1日朝刊	
33	宮里良保	自動車の話	1930年12月1日朝刊（近刊書目）	
34	佐々木民郎	飛行機の話	1930年12月1日朝刊	
35	古澤恭一郎	ラヂオの話	1930年12月1日朝刊（近刊書目）	1931年3月10日広告では「ラヂオとテレビジョンの話」に
36	武山茂雄	写真術入門	1930年12月1日朝刊	
37	帰山教正	小型映画の撮影と映写	1930年12月1日朝刊	
38	高田義一郎	探偵科学の話	1930年12月1日朝刊	
39	加藤勘十	ストライキ戦術の話	1930年12月1日朝刊（近刊書目）	
40	原田　実	友愛結婚物語	1930年12月1日朝刊（近刊書目）	
41	麻生　久	社会主義の話	1930年12月1日朝刊	
42	室伏高信	共産主義の話	1930年12月1日朝刊	
43	室伏高信	無政府主義の話	1930年12月1日朝刊	
44	木村　毅	社会科学の話	1930年12月1日朝刊	
45	木村　毅	社会科学小辞典	1930年12月1日朝刊（近刊書目）	
46	鵜沼　直	モダン語辞典	1930年12月1日朝刊（近刊書目）	1931年2月6日朝刊の新発売広告にあり
47	宮本光玄	モダン隠語辞典	1930年12月1日朝刊（近刊書目）	
48	高辻秀宜	モダン書簡文の作り方と作例	1930年12月1日朝刊（近刊書目）	1931年2月6日朝刊の新発売広告にあり
49	苫米地　貢	テーブルスピーチ	1930年12月1日朝刊	
50	菊池　寛	新文藝字典	1930年12月1日朝刊（近刊書目）	
51	菊池　寛	文章の作り方	1930年12月1日朝刊（近刊書目）	
52	吉井勇	短歌入門	1930年12月1日朝刊（近刊書目）	
53	塩入亀輔	レコード名曲解説	1930年12月1日朝刊（近刊書目）	広告・文庫の巻末目録では著者が山田耕作の表記多し
54	堀内敬三	西洋音楽入門	1930年12月1日朝刊	
55	渡辺秀夫	百人一首早取り方と新訳	1930年12月1日朝刊	

56	鹿島鳴秋	民謡小唄新曲集	1931年2月6日朝刊　新発売	
57	小室翠雲	日本画の描き方	1930年12月1日朝刊	
58	岡本一平	漫画と漫文	1930年12月1日朝刊（近刊書目）	1931年2月6日朝刊の新発売広告にあり
59	正親町李董	銃猟の秘訣	1930年12月1日朝刊	
60	橋爪光雄	釣魚の秘訣	1930年12月1日朝刊	
61	朝隈滔太郎	梅毒の話	1931年3月10日朝刊　最新刊か？	
62	西川　勉	比較研究　五大強健術	1931年1月12日朝刊	
63	菱刈實雄	續ユーモア性典　女ばかりの衛生	1930年12月1日朝刊	
64	竹村文祥	趣味の生体科学	1930年12月1日朝刊	発売禁止
65	島田　広	胎教と優生学	1930年12月1日朝刊	
66	壱岐はる子	エロ・エロ東京娘百景	1930年12月1日朝刊	（11月15日発行）
67	酒井眞人	東京盛り場風景	1930年12月1日朝刊	
68	岸本水府	京阪盛り場風景	1930年12月1日朝刊（近刊書目）	
69	八甲田文彦	上海どん底風景	1930年12月1日朝刊	
70	松崎天民	東京名物食べある記	1930年12月1日朝刊（近刊書目）	広告では「東京名物喰べある記」
71	松崎天民	京阪名物食べある記	1930年12月1日朝刊（近刊書目）	広告では「京阪名物喰べある記」　12月25日発行
72	松川二郎	全国名物食べある記	1930年12月1日朝刊（近刊書目）	
73	松川二郎	合法的電車汽車安乗法	1930年12月1日朝刊	
74	松川二郎	病気によく利く温泉案内	1931年2月6日朝刊　既刊	
75	松旭斎天勝	素人手品百種	1931年2月6日朝刊　新発売	
76	広津和郎	麻雀必勝法	1930年12月1日朝刊（近刊書目）	
77	川崎備寛	麻雀高等新戦術	1930年12月1日朝刊（近刊書目）	
78	川崎備寛	麻雀ガメクリと早上り法	1931年3月10日朝刊　最新刊か？	
79	空閑　緑	麻雀スピード上達法	1931年1月12日朝刊　最新刊	1931年2月6日朝刊の新発売広告にもあり
80	大の里萬助	相撲の話	1930年12月1日朝刊	
81	赤星四郎	ゴルフ入門	1930年12月1日朝刊（近刊書目）	
82	岡　善次	図解柔道入門	1930年12月1日朝刊	
83	小西康裕	図解剣道入門	1930年12月1日朝刊	
84	広津和郎	早慶野球年史	1930年12月1日朝刊	

85	芦田公平	六大学リーグ戦史	1930年12月1日朝刊	
86	石原次男	スキー入門	1930年12月1日朝刊	
87	柴山雄三郎	スケート入門	1930年12月1日朝刊	
88	加賀一郎	陸上競技入門	1930年12月1日朝刊	
89	高木樂山	聯珠初段になるまで	1930年12月1日朝刊（近刊書目）	1931年2月6日朝刊の新発売広告にあり
90	久保松勝喜代	囲碁初段になるまで	1930年12月1日朝刊（近刊書目）	1931年3月10日朝刊広告では三月末出来と記載。↓4月25日付では五月出来
91	長濱　繁	淋病の話	1931年3月10日朝刊　最新刊か？	
92	鵜沼　直	続　西洋笑話	1930年12月24日朝刊	
93	玉置眞吉	続　社交ダンス手引	1930年12月24日朝刊	
94	高田　稔	映画俳優になるには	1930年12月24日朝刊	
95	夏川静江	映画女優になるには	1930年12月24日朝刊	
96	長尾　克	麻雀初段になるまで	1931年3月10日朝刊　最新刊か？	
97	櫻川忠七	モダーン宴会かくし芸	1931年2月6日朝刊　新発売	
98	吉澤隆治	日用草書辞典	1931年2月6日朝刊　新発売	
99	小林　寛	小学児童お弁当百種	1931年2月6日朝刊　新発売	
100	田中滿三	貸借対照表の作り方と見方	1931年3月10日朝刊　最新刊か？	

不明分

?	溝呂木光治	将棋はめ手千態	1931年4月25日朝刊にのみ掲載	差し替え元不明
2	黒田正夫	登山の知識	松崎天民「京阪食べある記」巻末目録に掲載	松内則三「野球の見方」に差し替え
61	富田林太郎	株式期米相場の話	松崎天民「京阪食べある記」巻末目録に掲載	朝隈滔太郎「梅毒の話」に差し替え
91	妹尾太郎	日本一物語	松崎天民「京阪食べある記」巻末目録に掲載	長濱繁「淋病の話」に差し替え
	※「株式期米相場の話」「将棋はめ手千態」は共に最後の新聞広告（1931年4月25日）に掲載されており、実際に刊行された可能性あり			

参考文献

安藤更生『銀座細見』中公文庫　一九七七年
植原路郎『起原と珍聞』実業之日本社　一九二九年
小汀利得『街頭経済学』千倉書房　一九三一年
喜多壮一郎『モダン用語辞典』実業之日本社　一九三〇年
今和次郎・吉田謙吉 編『考現学採集』建設社　一九三一年
酒井潔『日本歓楽郷案内』中公文庫　二〇一四年
時事新報家庭部編『東京名物食べある記』正和堂書房　一九三〇年
週刊朝日編『値段の明治大正昭和風俗史』朝日文庫　一九八七年
坪内祐三監修『銀座通　道頓堀通』廣済堂文庫　二〇一一年
中山由五郎『モダン語漫画辞典』洛陽書院　一九三一年
西沢爽『雑学東京行進曲』講談社文庫　一九八四年
廣澤榮『黒髪と化粧の昭和史』岩波書店　一九九三年
広瀬正『マイナス・ゼロ』集英社文庫　一九八二年
藤森照信・初田亨・藤岡洋保編著『失われた帝都　東京』柏書房　一九九一年
ポーラ文化研究所 編『モダン化粧史　粧いの80年』ポーラ文化研究所　一九八六年
松崎天民『銀座』中公文庫　一九九二年
毛利眞人『ニッポン　エロ・グロ・ナンセンス　昭和モダン歌謡の光と影』講談社選書メチエ　二〇一六年

参照 website

石角春之助『浅草女裏譚』文人社出版部　一九三〇年
　http://dl.ndl.go.jp/info:ndljp/pid/1459045
石角春之助『銀座秘録』東華書荘　一九三七年
　http://dl.ndl.go.jp/info:ndljp/pid/1461950
栗田書店出版部 編『隠語辞典』栗田書店　一九三三年
http://dl.ndl.go.jp/info:ndljp/pid/1056977
時事新報家庭部 編『東京名物食べある記』正和堂書房　一九三〇年
　http://dl.ndl.go.jp/info:ndljp/pid/1176069
社会ユーモア研究会『社会ユーモア・モダン語辞典』鈴響社　一九三二年
　http://dl.ndl.go.jp/info:ndljp/pid/1109797
商工省商務局『高島屋十銭二十銭ストアに就いて』
http://dl.ndl.go.jp/info:ndljp/pid/1905774
東京電話帳簿　東京都中央区立図書館
https://www.library.city.chuo.tokyo.jp/areacontents?4&pid=116
羽太鋭治『猟奇珍談　浮世秘帖』国民書院　一九三四年
http://dl.ndl.go.jp/info:ndljp/pid/1054818
早坂二郎・松本悟郎『モダン新語辞典』浩文社　一九三一年
http://dl.ndl.go.jp/info:ndljp/pid/1112474
平野隆『戦前期日本におけるチェーンストアの初期的発展と限界』三田商学研究
Vol.50　No.6 (2008. 2) AN00234698-20080200-0173
前田一『職業婦人物語』東洋経済出版部　一九二九年
http://dl.ndl.go.jp/info:ndljp/pid/1443126
松崎天民『三都喰べある記』誠文堂　一九三二年
http://dl.ndl.go.jp/info:ndljp/pid/1111307
モダン辞典編輯所『モダン辞典』弘津堂書房　一九三〇年
http://dl.ndl.go.jp/info:ndljp/pid/1111089

〈えにし書房編集部より〉

本書は昭和五年十一月十五日に誠文堂より発行された、壱岐はる子『エロ・エロ東京娘百景』（表紙のタイトル表記、奥付、扉の表記は、壱岐晴子『エロ・エロ娘百景』）の復刻版である。書名・著者名はより人口に膾炙していると思われる表紙の表記を使用した。また、復刻に際し、冒頭に監修者の毛利眞人氏による解説を増補し、各ページを原寸の一二五％に拡大したうえ、監修者による解説を挿入し、理解の一助とした。

以下、四三ページを見本にして、原寸と拡大を例示する。

デパート・ガール——一景——

花はいまやまさに紅《くれなゐ》だつた。

——あたし……沸《たぎ》つてはならないのよ。

とさう彼女の脣は囁きたげである。

M百貨店文房具賣場勤務——愛子——十七歳の美少女。愛くるしい顔に似ず、肢態は健やかに成熟しつくしてゐた。

彼女のラヴ・ノートには何が誌されてゐたか？

人名	川田	山村	島田	濱口	大木
年齢	28	16	35	50	22
容貌	20	100	90	30	100
體力	100	60	90	70	40
金力	50	30	90	100	50

原寸

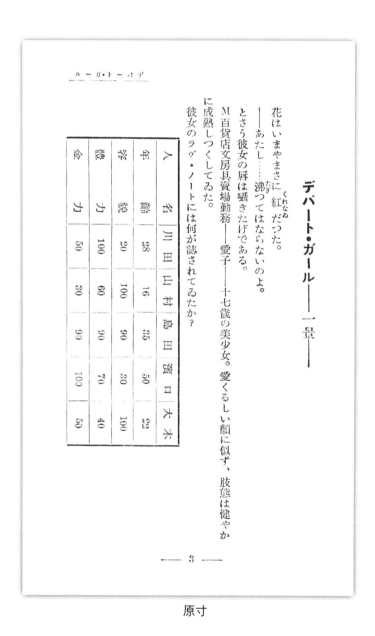

デパート・ガール——一景——

花はいまやまさに紅《くれなゐ》だつた。

——あたし……沸《たぎ》つてはならないのよ。

とさう彼女の脣は囁きたげである。

M百貨店文房具賣場勤務——愛子——十七歳の美少女。愛くるしい顔に似ず、肢態は健やかに成熟しつくしてゐた。

彼女のラヴ・ノートには何が誌されてゐたか？

人名	川田	山村	島田	濱口	大木
年齢	28	16	35	50	22
容貌	20	100	90	30	100
體力	100	60	90	70	40
金力	50	30	90	100	50

125%拡大

【ワイド復刻版 解説付】

エロ・エロ東京娘百景

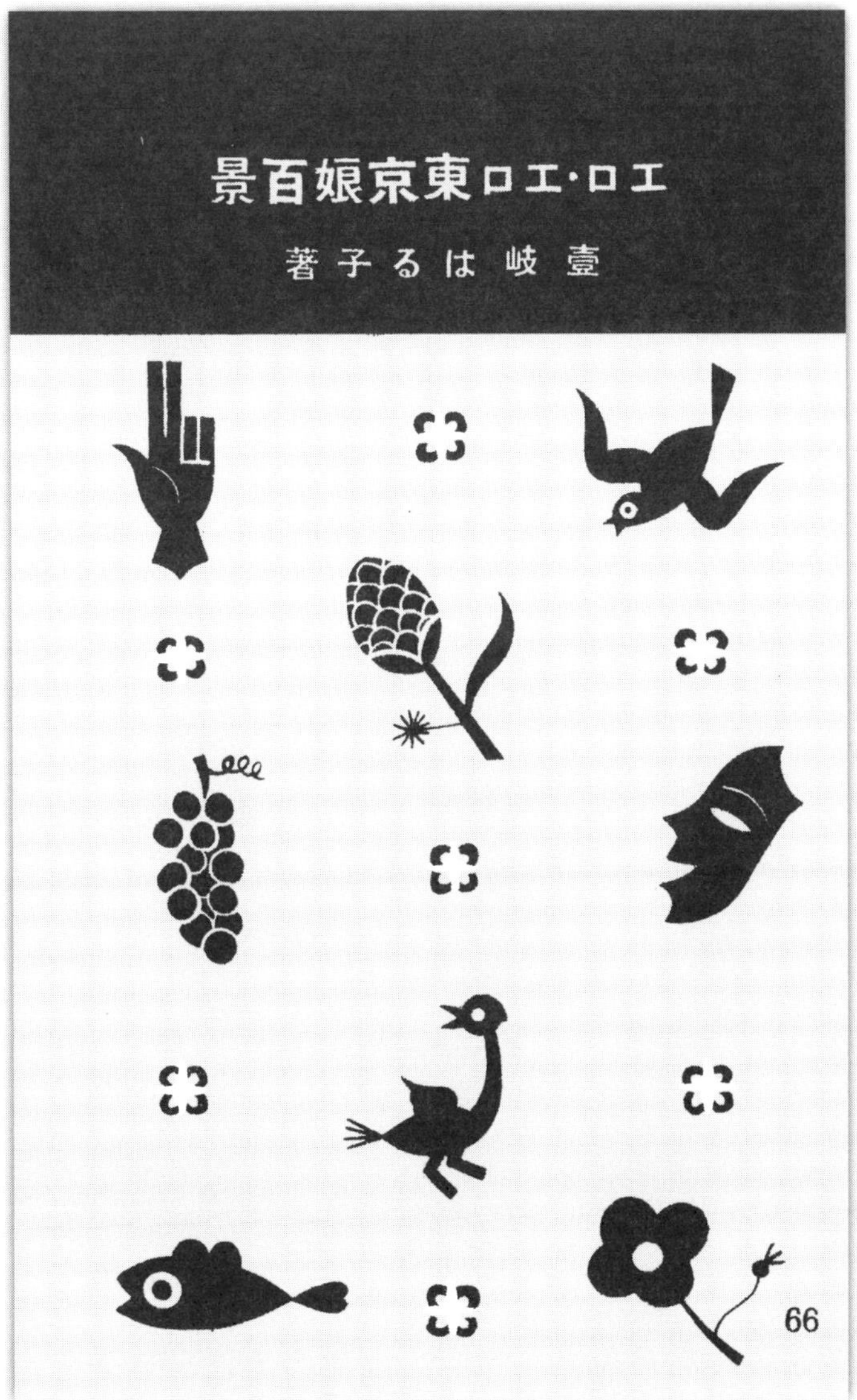

禁　エロエロ東京娘百景

解説　これは昭和五年十一月、誠文堂が募集した「十銭文庫」の懸賞当選作。誠文堂が「十銭文庫」の一冊として出版したもので、著者は壱岐はる子、ポケット型の仮綴本・一二三頁。

内容　昭和初期のいわゆる近代娘と呼ばれた女たちの性生活を描いた短篇読物、第一景から百景まで、それぞれ、何々ガールの巻というふうになっている。当時この本が評判になったのは、特殊な女たちの異名・流行隠語の参考事項が多かったからである。※

※入手時点で見返し左上に貼られていた紙片。前の所有者か古書店によって貼られたものと思われる。

SEIBUNDO'S 10 SEN LIBRARY

エロ・エロ娘百景

壹岐晴子

誠文堂

小序

近代娘は奔放だ。

近代娘はエロチックだ。

近代娘はヂヤヅ的だ。

——まだほんの子供だから……などゝ高を括つてゐると大變である。

近代娘は勇敢でエロで早熟で……兎も角彼女たちの愼ましやかな衣裝の下には無鐵砲な性生活が首を擡げてゐる。

で、そこいらで拾ひ蒐めた娘亂行記百景、纒め上げてみるとなるほど大變な貞操の散彈ではある。

著者しるす

エロ・エロ娘百景

壹岐晴子

目次

目次

エロ・エロ娘百景

壹岐晴子

デパート・ガール——一景——

花はいまやまさに紅《くれなゐ》だつた。

——あたし……沸《たぎ》つてはならないのよ。

とさう彼女の脣は囁きたげである。

M百貨店文房具賣場勤務——愛子——十七歳の美少女。愛くるしい顔に似ず、肢態は健やかに成熟しつくしてゐた。

彼女のラヴ・ノートには何が誌されてゐたか？

人名	川田	山村	島田	濱口	大木
年齢	28	16	35	50	22
容貌	20	100	90	30	100
體力	100	60	90	70	40
金力	50	30	90	100	50

M百貨店……日本橋の三越百貨店か、あるいは銀座の松坂屋、松屋が該当するが、『エロ・エロ東京娘百景』に描かれたコントの多くが銀座を舞台としている点を考慮すると、松坂屋か松屋を指すと推察される。

感じ	90	90	70	50	95

つまり百點を滿點とする愛人採點表である。

愛玩してみたい日には美少年の山村に速達郵便を送りつけて誘ひ出す。散歩したい折はK大學生の大木……喘ぎ呻きたい時はスポーツマンの川田……沁々したい場合は會社員の島田……金が欲しくなると老紳士の濱口に、それ〴〵速達を送る。

速達を受けとつた男は驚喜して、その日の夕方、このM百貨店の文房具賣場にかけつけて、

——このノートを一册下さい。

——はい。十三錢頂きます。

すましきつた愛子が應答をはじめる。

——何時までにくる……？

——さうネ。七時半までに……。

——どこへ……？

——鳥兼はどう……？

——いゝとも。先で待つてるよ。

鳥兼……焼鳥屋のような名称だが、鳥◯あるいは◯鳥という店名は鶏肉卸の商店に多い。『銀座界隈にある食べ物店、カフェー、バー等を堪念《（ママ）》に廻つてゐたら、恐らく一と月かゝつても未だ足を踏まない店が沢山に残つてゐるだらう』『この大銀座の食べ物店を総括的に話すといふ事は、かなりの時日と費用を要する事である』（『東京名物食べある記』）と記しているように、当作には詳細の分からない店がしばしば現れる。

――はい。三十七錢のお返しでございます。

釣錢を渡すとき、彼女は相手の掌を指先で掻き撫るのだつた。

エレヴエーター・キッス――二景――

M百貨店エレヴエーター・ガール淺子は三人のエレヴエーター・ラバーを持つてゐた。それは丸の内の會社員達で、晝休みを利用して、赤自動車に乘つてくる……はるばると。彼等は幾度もエレヴエーターに乘つたり、降りたり、上つたり、下つたり……して、彼と彼女と二人つきりになる機會を摑まなければならなかつた。

月曜……大村さん。
火曜……三田山さん。
水曜……武田さん。
木曜……大村さん。
金曜……三田山さん。
土曜……武田さん。

エレヴエーター……日本初の電動式エレベーターは浅草の凌雲閣（一八九〇）に備え付けられた。一九〇〇年代に入って漸次エレベーターは百貨店や高級マンションなど日本のビルディングに取入れられていった。日本の百貨店で最初にエレベーター・ガールが採用されたのは一九二九（昭和四）年、上野松坂屋といわれる（大阪の百貨店の方が早かったという異説もある）。それに倣って日本橋三越、白木屋、松屋、高島屋がエレベーター・ガールを置いた。日本橋高島屋では現在もエレベーター・ガールが昇降業務を行なっている。「エレちゃん」という短縮形もあった。

もちろん、三人の衝突を避けるために、この日割振當を嚴守することになつてゐた。

――これで、乘降十一回目だよ。

――焦《ぢれ》ツたかつたわネ。

淺子はあらぬところで、エレヴエーターの運轉を止め、男の胸に飛びついて行く……そして強く激しい×××で、もう千切れるかと思はれる程、紅い唇を虐待する……。

後の表示機は豆粒の合圖が眞赤になつて、ジリジリ鳴つてゐる――。

――うぷッ！ほんとによかつたわ。あら！あんたの頰ッぺたに白粉がついてるわよ。

彼女はハンカチーフで、男の頰を拭いてやり、それから自分の濡れた唇を正し、何喰はぬ態度で、運轉をはじめる――つゝましくは裝へども。つゝましくは裝へども。

タイプライター・ラヴ――三景――

M百貨店秘書課のタイピスト玲子は二枚のタイプライターをうつのに、二十枚の用紙をうち損じる――しかも午前中かゝつて。

いとも、重要書類かと思つて、そつと覗いてみれば――うぷッ！

×××……キッス

タイピスト……昭和初期、女性にとって憧れの職業といわれたのがタイピストであった。和文タイプライターは杉本京太（一八八二～一九七二）により一九一五（大正四）年に開発され、官公庁や民間会社にいち早く普及した。タイピストになるには専門の学校や養成所を卒業して、学校から会社を紹介して貰うという手段が一般的であったが、知

タイプライター・ラヴ

——ゆふべあたしが
みた夢は
じつとり濡れた戀の夢。
——懷しい夢
あまい夢
ふしぎに胸のおどる夢。

それはセンチメンタルな小曲——それからまた、唇、ルツボ、火の鳥、白い蛇、けむぢやら足、等々の刺戟的な文字が盛んに羅列されてゐる——。

タイプライター製ラヴ・レター！それを彼女は誰に送らうといふのかしら——？

やがて、叮嚀に折り疊んで、さも重要書類のやうに見せかけて、持つて行つたところは秘書課長Ｇ氏の机上だつた。秘やかにしかし密のやうに相愛し合つてゐる二人だつた。とは言へ、表面はいともつゝましく、頭を下げてから重要書類を捧げるやうな風情で。

さて——ふと見交はした眼と眼の火花！おゝその瞬間よ！

— 7 —

人の紹介や募集でタイピストとなる道もあった。その労働環境は過酷であったが月給の平均は男性社員の三分の二程度で三十円~四十円と低く、残業手当がつかないのが普通であった。もっとも月給はピンきりで、語学力の必要な欧文タイプや速記術を習得しているなど条件によっては高給取りもいた。二枚の恋文を打つのに二十枚もレターペーパーを無駄にするタイピスト玲子はいつクビになってもおかしくないが、秘書課長Gとの関係が全てを物語っている。

オフ井ス・ワイフ——四景——

Ｓ百貨店の專務は軍人上りの線の太い快男兒だつた。震災多難な同店を盛り育てゝ、キビキビしたアメリカ式の營業振で、人氣を博してゐた。

秘書係の夏子はこの專務に好意を持つてゐた。もちろん、年齡も、身分も、凡て時代を異にしてゐたので、奧樣になりたいなどゝは思ひもしなかつた。

たゞ好きな人なのだつた。そして、出來るだけ交渉をつくつて、話しかけたり、かけられたりすることを樂しんでゐた。

こんな風だつたので、專務が歸宅するときなぞは、丸で戀女房のやうな親しみをもつて、帽子を捧げ、冬などはオーバーを着せかけたりした。

——君は實にやさしい娘さんだネ。快活で氣がついて……。この秘書室に是非なくてはならぬ花の存在だよ。僕のオフイス・ワイフだネ。

專務は微笑を浮べて、輕く揶揄した。すると、夏子は頰を赧くし乍ら、頷いて首を垂れた。

オフヰス・ワイフ！明るい人生！

Ｓ百貨店……日本橋の白木屋本店。日本橋で江戸時代から呉服屋を営んでいた白木屋が一九〇三（明治三十六）年に百貨店に転換。日本橋三越、大阪高島屋などと共に日本の百貨店の嚆矢となった。一九三二（昭和七）年十二月、玩具売場から発した白木屋大火は日本初の高層建築火災として有名である。また、この火災で下着を着用していなかった和服の女性店員が転落死したことをきっかけとして、ズロースを着用する習慣が広まったという通説が定着した。戦後は東急百貨店として営業し、その跡地は二〇一七（平成二十九）年現在、コレド日本橋となっている。

スポンヂ・ガール——五景——

春子はやつと娘になつたばかりの十六だつた——彼女は日毎に伸びゆく自分の姿と周圍とを見較べ乍ら、驚異の眼を瞬つてゐた。そして、いろ〳〵の？……？……？……の謎を解くことに興味を傾けてゐた。

——あら！まア！あたしのこゝんとこに、×が生えてきたわ。不思議よ。何故でせう？

——あら！まア！あたしの胸のとこが、こんなにも膨れてきたわ。腫れたのぢやないしら……？それにしては痛くないのが不思議よ。少うし、お乳が痛いやうな氣はするけれど……。どうしたのかしら……？

——あら！まア！この新聞廣告に、百パーセントエロチックとかいてあるわ。エロチックつて何のことかしら……？

彼女は何かにつけて、この頃、『？』をつけて考へずにはゐられなかつた。そして、S百貨店の食堂に出勤すると、友達に『？』の謎を訊き貪るのだつた。友達が知らなかつたり教へて呉れなかつたりした時は、お客さまを捕へて訊くのだつた。

スポンヂ・ガール……エロ知識をスポンヂのように吸収する娘、の意である。実際にはスポンヂ・ガールは存在せず、各種モダン語辞典にも出てこない。

×……毛

——あの……濟みませんけど、数へて下さいませんかしら……？

——何を……？

——あの … エロチツクつて何のことでございますの？

客は呆れ顔で彼女を凝視《みつ》めた。しかし、彼女の顔はとても〱眞劍で、また無邪氣だつた。彼女はあらゆることに興味を持つて、丸で海綿のやうにあらゆるものを吸ひ貪るスポンヂ・ガールなのであつた。

逢引七曜表——六景——

月子の日給は一圓二十錢だつた。しかし、彼女の生活は日給五圓以上のそれだつた。何が彼女を五圓以上の生活者にしたか？

彼女は賣ることを知つてゐた。世間は不況だつた。このM百貨店の賣上も、前年同期に比較して、二割減だつた。しかし、彼女だけは不景氣知らずだつた。彼女は或る意味での努力家だつたから……。

一階の眞賣場で、彼女は時折ポケツトブツクを開いては悦に入るのであつた。それにはいつたい何が話されてゐたか……？

逢引七曜表

	人名	逢引場所	時間
月	北川	日比谷公園	P.M. 7
火	高木	ふくべ屋	〃 8
水	中村	鳥惣	〃 7
木	飯村	Monami	〃 7
金	百崎	〃	〃 8
土	伊丹	田中家	〃 8
日	相良	日比谷公園	〃 10

友愛結婚――七景――

―11―

ふくべ屋……未詳。

鳥惣……焼鳥屋か。一景の注釈を参照。

Monami……銀座西七丁目にあった喫茶店。経営者が東洋汽船に勤めていたことから店内は船の内装で統一されていた。時事新報家庭部編『東京名物食べある記』によれば岡本かの子が名付け親といわれる。のちに新宿、中野にも支店を構えた。

田中家……未詳。

――結婚したいわネ。

――したいとも。だが、僕の月給四十圓だぜ。

――貧弱ネ。ぢやアいゝわ。あたしはあたしで働くから……。どう……？結婚しちまッちや……？

――兎に角、しやうよ。したいのに、しないでゐるのは、つまらんことだからネ。

こんな會話を交はした後、彼と彼女とは結婚同棲したのだつた。そして、朝は一緒に床を抜け出して、協力して朝飯の支度を整へ、彼は丸の内のG株式會社へ……。奈波子はM百貨店の半襟賣場へ出勤するのだつた。

歸りには、銀座のライオン前で待合はせて小一時間の銀ブラをする……。

――あたし奢つてあげるわ。今日は……。どう……？早川亭の夕飯は……？

――いゝネ。

――ジヨツキ一つ奢つてあげるわ。

――大丈夫かい？ポケットは……？

――侮辱するものぢやないわ。あたしは葡萄酒にしやうかしら……。

二人は全然獨立した人格、經濟、自由、生活を持つてゐた。家に歸ると、彼女は床を延べ、

友愛結婚……デンバーの少年審判所判事ベンジャミン・B・リンゼイの著作『友愛結婚』（原田実訳　中央公論社）によって提唱された新しい結婚概念。リンゼイは従来の家庭制度に立脚した結婚スタイルを脱却して、男女が自由な立場で互いを束縛しない事実上の試験結婚を唱えた。この性交渉を第一義とした結婚スタイルは哲学者バートランド・ラッセルの賛同を得たのをはじめとしてアメリカで広く受け入れられ、日本でも紹介されて話題となった。「友愛結婚」（サトウハチロー＝作詞、井田一郎＝作曲、青木晴子＝唄／ポリドール一九三〇年八月新譜）というジャズソングにもなった。

彼が蚊張を吊るのだつた。

レスピヤ・ガール――八景――

旗子は十八だつた。富美子は十六だつた。

二人はM百貨店一階和洋菓子賣場のショップ・ガールだつた。

旗子は富美子を『富美ちやん』と呼び、富美子は旗子を『お姉さま』または『お姉ちやま』と呼んでゐた。

二人は強度の同性愛に醉つてゐたので――彼女達の着物も、パラソルも、ソフト草履もその他凡ゆるものが、色を同じくし、模樣を同じくし、型を同じくしてゐた。――二人は同身一體だつた。そして、借間の二階で、一つ蒲團にくるまつて、樂しい夢を結ぶのだつた。

――あたしは永久に結婚なぞしないわ。

――あたしだつても、さうよ。

二人は一分間も相離れたことはなかつた。遠方(御手洗所の隱語)へゆく折も、必ず一緒だつた。

レスピヤ……レズビアンの訛化。

遠方……本文にもある通り、百貨店の隠語でトイレのことである。同じトイレでも松坂屋では「中村」、髙島屋は「じんきゅう」、旧そごうは「つきあたり」と百貨店によって呼び方はまちまちであった。「遠方」は日本橋三越で使い始められた隠語。

一つの蟇口に二人分の月給を容れて、旗子が持つてゐたり、富美子が持つてゐたりした。結婚者には夫婦喧嘩といふものがあつたがこの二人には全然それに類するものがなかつた。

白鼠・ガール——九景——

富子はH百貨店の白鼠だつた。

白鼠とは——？白粉をつけた白い肌の娘が商品を誤魔化すことを白鼠するといふのである。

彼女は盛んに白鼠をするのだつた。客が落して行つたレヂスターの領收證を拾つといて、次の客に利用して代金を誤魔化したり、一反を二反賣つたことにして、一反分をポケットしたり、妹を買物に來させて、一反の代金に三反も包んでやつたりして、盛んにこの百貨店の財産を噛り取るのだつた。もちろん、パッカーの默認のもとに……。でなければ、如何に放慢な百貨店だつたとは言へ、彼女のやうに大膽に、度々白鼠が出來る筈はなかつた。

何がパッカーを默認させたか——？それはその默認料の代償として、彼女はたつた一つしか持ち合せないものを提供して、パッカーの愛玩を許してゐたからだつた。

白鼠……本来の意味は「主家に忠実な番頭・雇人」であるが、ここでは業務上横領の常習犯を白鼠に擬している。「鼠が塩を引く」（鼠が塩を引くように極めて少量ずつ目立たぬようであるが、いつしか大量となるたとえ）と掛けているのである。

H百貨店……新宿にかつて存在したほてい屋百貨店である。一九三三年、隣接する土地に伊勢丹が進出。一九三五年に伊勢丹に買収され、建物も一体化されて現在に至る。

チヨイト・ガール——十景——

人肉の市場龜戸と尖端銀座のM百貨店とが淺からぬ緣を持つやうになつた理由は——?
夜の私娼街龜戸の××に小雪といふチヨイトチヨイト・ガールがゐた。また一方、晝の銀座のM百貨店の半襟賣場には、雪子といふショップ・ガールがゐた。

小雪の唇の側には痣が一つあつた。雪子の唇の側にも痣が一つあつた。二人はよく似てゐた。雙生兒だつて、これ程には似はしまいと思はれる程よく似てゐた。

うぷッ！似てゐるのも道理、晝の雪子は夜になると龜戸に行つて、小雪に化けるのだつたから……。

晩の八時頃から十二時頃までの間に、四五名の遊客を雜作もなく片附けて、終電車で歸る所謂通ひのチヨイトチヨイト・ガールなのであつた。

何が彼女をさうさせたか？金……もちろん、金も欲しかつたが、金よりも、もつと好もしいことのために……。堪らなく好もしいことのために……。

亀戸……戦前の亀戸は玉ノ井と並び称される私娼窟であった。

チヨイトチヨイト・ガール……遊郭や私娼窟で客を招く際、ちゅうちゅうと鼠鳴きをしたり「ちょいとちょいと」と手招きしたのが語源。

ランチ・ガール――十一景――

――けふは鮪のお壽司を戴くわ。

晝の丸ビル地階食堂で、文子はさう話しかける……。

――いゝでせう。僕も鮪にします。

彼がさう答へる……。

二人は食べ乍ら、互にデスクの下で、脚を搦ませる……。

――どう？この鮪の感觸とあたしの唇の感觸とは……？

――うぷッ！

二人はつい先刻、廊下の隅で、すばやくキッスをし合つたあの瞬間を思ひ浮べた。

二人は別れ際に、いま一度熱いキッスを交はして。

――では、來週の火曜日に、またネ。

――餘り浮氣しちやいけないよ。

――うぷッ！

ランチ・ガール……モダン語漫画辞典には『紺碧の空にサイレンが響き渡って、ビルディングから餌を求めるサラリ・マンのドッと吐き出される頃に、四角に立つてウインクを送り「一緒にお食事に行かない？」てなことを云つて飯にありつき、時には夕方からランデ・ヴーをする約束までも済ませるガールを云ふ』とある。

丸ビル地階食堂……丸ビルの地下には食堂「花月」「中央亭」のほか寿司屋、蕎麦屋、汁粉屋があった。

――うぷッ！

――うぷッ！

彼女は六人のランチボーイを、日毎取替へて、ランチとキッスとを交換するのだつた。

キッス・ガール――十二景――

丸ビルT株式會社の計算係夏枝はポケットから手帳を拔き出して、熱心に計算を始めた。

キッスをした回數は……？二千六百三十六回。

キッスを賣つた人員は……？六十三人。

一人當り平均キッス數は……？四一・八回。

キッス收入は……？二千三百三十八圓。

一回當り平均キッス價格は……？九十四錢三厘八毛强。

――等々々々々々。

夏枝はキッス專門の賣笑・ガールだつた。とは言へ、もちろん、相手を撰ぶこと甚だしく二千六百餘回に對して、人員は僅か六十三人に過ぎなかつた。


キッス・ガール……『一度接吻すると五十銭なり一円なりをとつて、誰にでも職業的にキッスさせる女のこと。最近横浜にこんな女がゐたと云つて騒いだが、実在するかどうかは疑問である』（喜多壮一郎『モダン用語辞典』）と非実在ガール扱いされているが、同書刊行前の一九三〇年六月十四日、横浜でキッス・ガール第一号が勾引されている。口中に消毒ガーゼを詰め、公園や映画館でモボを釣ったという。

肺病、梅毒、口臭患者らしい者に對してはよしんば百圓のキッス料を出されても、固く拒絶した。また前記六十三人に對しても、キッス後、含嗽清掃を怠らなかつた。その潔癖こそはいまなほ、キッス・ガールとしての存在を確實ならしめてゐるのだつた。うぷッ！

ステッキ・ガール――十三景――

第一期ステッキ・ガールは凡て失敗した。といふのは、街頭で出逢つたばかりの見ず知らずの男達を、相手にしたゝめに、さんざ酷い目に遭はされた例もあり、尖端ガールも少々へこたれてしまつた。そこで、丸ビルの會社のタイピスト笑子が主唱者となり、東京ステッキ倶樂部を組織した。そして、午休みを利用して、ビル內の會社員達に巧な宣傳を行ひ、身元の確かな會員を蒐め、ステッキ商賣を華々しく……とは言へ秘やかに開始したのだつた。

これなら、相手の正體がよく知れてゐるので、誘拐、脅迫、監禁、惡戲等の危險は免れ得たが、さて、同じビル內に勤め、朝夕親しく顔を合せる機會が多いので、ともすれば意氣投合して、ステッキ以上に深入りし易く、笑子なども、××××相談所に通つて、××治療を受けなければならなくなることが、しばしばだつた。

ステッキ・ガール……◯◯ガールの中で最も有名で世間に流布されたのがステッキ・ガールであった。その実在性をめぐって当時から論議が沸き起こった。ここに書かれている丸ビル内での会員制ステッキ倶楽部の存在は羽太鋭二著『猟奇珍談　浮世秘帖』（国民書院　一九三四）にも仄めかされている。一九三〇年、銀ぶらガイド社婦人部が一時間三円でステッキガールのサービスを開始したが、これは純然たる銀座案内で風俗的サービスではなかった。

マネキン・ガール……百貨店などのショーウインドウに展示されるマネキンを昭和初期は本物の女性が務めていた。その濫觴は「大礼記念国産振興東京博覧会」（一九二八年）に高島屋百貨店が出した陳列であった。同年十月二十八日には丸菱百貨店が新聞広告を出して日給三円～五円でマネキンを募集した。大崎千代子、高島京子、花田千恵子、山下喜代子、松山清子、増田君子、三浦栄子の七名がマネキン・ガールの嚆矢である。丸菱のマネキンショーが短期間で終了して宙に浮いたマネキン・ガール

マネキン・ガール——十四景——

丸ビルマネキン倶樂部員麗子はホテル住居をしてゐた。——Mホテルの一室には大型の寢臺が一つ。一隅の卓子の上には、葡萄酒、アブサンド、リキユル等の瓶が並べてあり、傍らの棚には、赤ゴム製の×××や×××や○○等が飾つてあつた。

このMホテルの一室は彼女の住居であると同時に、仕事場であり、また賣場でもあつた。彼女は晝夜の別なく働いた。精力絶倫だつた。

晝はデパートや大商店のマネキンとして働き、夜はこのホテルで、彼女自身の商賣に精出すのだつた。

卓子の抽斗の中には、Y銀行の特行の特別當座預金がもう二千四百圓を突破してゐた。その大部分は夜の收入なのだつた。

彼女は時折、ドアをピチンと閉して、沁々と自分の商品を眺め乍ら、呟くのだつた。

——お前はよくお働きだわネ。いゝ兒!いゝ兒!

さう言つて、…………たりすることもあつた。

達をアメリカ帰りの美容師山野千枝子が雇い、一九二九年二月二十日に東京マネキン倶楽部が設立された。同倶楽部からは駒井玲子（一九〇八～四二）がめきめきと人気を伸ばしてマネキン・ガールの代名詞と喧伝された。本文で奔放な性生活を披瀝されている麗子は、文字違いではあるが駒井玲子を想起させる。マネキン倶楽部は日給十円、写真撮影は三円（五円と記す文献もある）という高給だが、四割ほど経営者に搾取されるのでマネキン・ガール達に不満が募った。そこで社会学者を夫に持つ駒井玲子が糾弾して一九二九年八月十三日、東京マネキン倶楽部を新たに設立して山野派から独立した。残った山野派は日本マネキン倶楽部を名乗った。何かにつけ華々しい話題を振りまく新職業であったことは間違いないだろう。

赤ゴム製の×××……スポイト。本作には赤ゴムのスポイトが自慰用の性具の象徴としてたびたび登場する。おそらく日常生活で使うことが多かった「大学目薬」「ロート目薬」など目薬の自動点眼容器（ガラス製

ゲーム・ガール――十五景――

Y撞球場のゲーム・ガール秋子は球を撞き乍ら、今宵の相手を物色するのだつた。

――巧みなモーションをかける――約束が成立する――そして、ホテルや、旅館や彼の下宿で、翌朝を迎へる――彼女は固定した宿を持つてゐなかつたが、斯うして、夜の泊りに不自由することはなかつた。

彼女は嘗て、一度も相手に金を要求したことはなかつた。

――いくらかあげやうか……?

男がさう訊くと、彼女はクスッと笑つて、

――貰つたのぢやないのよ。たゞネ。お互に慰めあつただけなのよ。お金なぞ要らないわ。

ボート・ガール――十六景――

S會社の電話交換手奈々子はボートが上手だつた。夏の夜の芝浦海岸に漕ぎ出して、十七の

で上下にゴム製のキャップが付いていた）ではないだろうか。滴下用のスポイトが付属する目薬もあるが、明治～大正期と本作品より古い時代である。

撞球……ビリヤードのこと。

日を楽しむのだつた。相手は會社の若い專務取締役……激しく揺れるボートの中で、彼女はこの頃生甲斐を見出してゐた。

――專務さま！何時頃まで、あたくしを愛して下さいますの……？

――永久に……。

――嘘！永久になんて……。そんなそんな子供騙しを仰つしやらないでもいゝのよ。せめて九月一杯だけでもネ。どう……？

――いゝとも。

――九月過ぎたら、もうボートも漕げないし、あたし……社員の白井さんと友愛結婚しやうかとも考へるわ。よくて……？白井さんを馘首にしては嫌よ。

――しないとも、安心おし。

――有難うよ。專務さま！あらッ！そんなにしちやアボートがひつくり返つちまふわよ、そんなに酷くしちや……。やアネ。

タイピスト――十七景――

電話交換手……自動交換方式（＝ダイアル式）の電話は一九二六（昭和元）年から日本で実装されたが、戦前に普及したのは東京市内など都市部に限られた。昭和初期にはまだ手動式の電話交換が主流だったのである。電話局で受けた個々の電話は、電話交換手が掛け手に接続先の番号を尋ね、相手方に手動でつないでいた。モダンな職業というイメージとは裏腹に労働環境は過酷で、電話交換手の多くは若い未婚女性であった。電話交換の職場は、電話局勤務と会社・銀行・商店などの私設電話と二種類あった。電話局の月給がおおむね三十円程度と低いのに対し、私設電話交換手は平均して四十円であった。本項では私設の交換手が描かれている。

社長から和綴の妙な本の複寫を命ぜられたとき、喜久子の頬は眞赤になつた。彼女は一行を打つ毎に、深い深い溜息を漏らした。

彼女の指先は怪しく顫え、近頃ふくらみを増した乳房は嵐のやうに渦巻き、激しい何ものかゞ胸の中を踊り廻るのだつた。

その宵、彼女は社長の誘惑に負けてしまつた。和綴の本の怪しい魅力が彼女の凡てをとろかしたのだつた。

和綴の本といふのは——？彼女にとつて未だ未知の世界の……しかし、それは狂はしい程、甘く快い好もしい××だつた。

彼女はその夜以來、社長なしには淋しくて生きてゆけないやうな氣がした。とは言へ實は社長の擒になつたのではなく、その和綴の本の擒になつたのだつた。

ビヂネス・ガール——十八景——

Ｉ會社の計算係高子は朝夕自動車で通勤するのだつた。社員達は小首を傾けずにはゐられなかつた。それもその筈、この會社に自動車で通勤するものは、重役を除いては高子だけだつた

××……猥本。

ビヂネス・ガール……モダン語辞典にはほぼ掲載されていないモダン語だが、同時期に流行した「オフィス・ガール」（九十六景参照）と同じ意味である。

から……。

何が彼女を自動車で通はせたか……？

朝の自動車は――？

運轉手＋高子の唇＝3哩(自宅會社間)

夕の自動車は――？

運轉手＋高子の××＝3哩(會社＋××＋自宅間)

この方程式を感づいたとき、社員達は深く深く嘆息した。

――俺も女に生れてくれりやよかつたに……。

ズロース全廢――十九景――

N會社の受付孃多子はズロース全廢主義者だつた。その理由は――？

a……不潔になり易きこと。

b……不經濟なること。

c……××が不快なること。

3哩……一マイルは約一・六キロメートル。三マイルは四・八キロメートルに相当する。

高子の××……性技か。

××……ホテルか。

ズロース全廢……ストッキングを穿かないノーストッキングに端を発して、ノーズロースも昭和初期に流行した。デリケートな部分だけにどのくらい流行したのかは定かではないが、諸情報を分析するとカフェーの「ノーズロ・デー」のサービスが独り歩きしたモダン語のようである。ノーズロ・デーはお触りサービスであったが、堂々と看板に謳ったのでたちまち摘発された。

××……生理。

d……ズロース代でお紅茶を呑みたいこと。
e……不便なること。
f……臭氣を發し易きこと……等々。

しかし、一度彼女は失敗した。といふのは或る日、小使が油を塗り廻して、リノリユウムの床を清掃してゐるところへ、慌しくやつてきた彼女は、つるつるつるり、スツテンドーと、スケーテイングの眞似をして、ドシーン……。

とは言へ、彼女はこのことのために、決して懲りやうとはしなかつた。その際、そこには小使を除いて、他には誰もゐなかつたから……。

ドライブ・ガール——二十景——

A株式會社の蘭子は逢引をするのに、ホテルや旅館や下宿を撰ぶ人々を嘲り笑つてゐた。

——あたしなんぞは、そりや高速度《ハイスピード》なのよ。斷然一九三五年型なんだわ。

彼女は誇らしげに、さう呟くのだつた。

高速度級逢引とは——？

一九三五年型……時代の五年先を突っ走っていると蘭子は誇っているのだが、ホテルの代わりに円タクを利用するのはさして珍奇なアイデアではない。終段の『自動車が××発動機船であったことが……。』は意味がよく判らない。リズミカルにピストン運動しながらポンポンと音を立てる焼玉発動機船にエロな連想を結びつけたのか、あるいは春機発動にかけているのか、著者に問いただしたいところだ。

ホテルの代りに、自動車の箱を使用するのである。一夜中、東西南北へドライブさせて、程よい動揺の快感に浸り乍ら、充分逢引を享樂するのである。

蘭子は物凄い發展屋だつたけれど、未だ一度も捕つたことがないのだつた。つまり、ホテルなどに行けば、當然捕まる彼女なのに、自動車で夫婦らしく見せかけて置けば、よしんば調べられても、言ひ抜けることは雑作もないのだつた。

いやそんなことよりも、もつと、よかつたことは、自動車が××發動機船であつたことが……。

ツルベ・ガール――二十一景――

Y高女生華子は近代娘に關する著書は一册も漏れなく讀破して、モダン・ガールとしての資格を失はないやうに努力してゐた。さうするには郷里から送金される四十圓位の金では必要の十分の一も充たすことは出來ないのだつた。そこで、彼女は賣ることにした。たつた一つしか持たないものを……。それは鞣皮のやうに幾度でも使用出來るものだつた。しかし、賣ることに決つてみると、實は甚だ辛い勞働だつた。

――何か他に樂で金の得られる方法はないものかしら……？

ツルベ……エレベーターを釣瓶に見立てている。

考へ抜いた揚句、百貨店のエレベーターの中で巧みに掏り取る所謂つるべ稼ぎを考へついたのだつた。地下鐵サムは地下鐵を背景にして活躍したが、彼女は百貨店を背景に活躍する決心をした。そして、先づ練習の意味で學校の歸途、親友のポケットから蟇口をすり取つてみた。小手先の器用な彼女には極めて容易な仕事だつた。その翌日は、學校の廊下で先生のをやつてのけた。三日目には百貨店に來て、エレベーターの中で、有閑婦人の膨れた蟇口を鮮かな手際で抜き取つてしまつた。

その中には三百餘圓はいつてゐた。その翌日は老紳士のポケットから、極めて容易に抜き取つたのだつた。

――あたし……もう賣るなんか止すわ。たゞでいゝわ。お金なんぞ……澤山ですもの。

彼女の求愛はそれ以來無料と變つていつた。

ナツシング・ガール――二十二景――

絹子は色の白い美しい女學生だつた。

――ほんとに、あなた……卵のやうな感じよ。羨やましい位お美しいのネ。

地下鐵サム……ジョンストン・マッカレー（米）の短編シリーズ小説。ニューヨークの地下鉄を舞台に掏摸のサムが活躍する。日本では『新青年』誌に連載された。クラドック探偵とサムの軽妙なやり取りは、のちの喜劇映画『エノケンのちゃっきり金太』（一九三七）にも影響を与えている。

友達は彼女の美貌を羨み、白く細やかな肌を妬むのだつた。

絹子は首席だつた。縁談が在學中なのに十數人から申し込まれてゐた。で――多幸な絹子でなければならなかつた。しかし、絹子はたゞ一人の室で、惱ましい吐息を漏らし、身の不幸を嘆くのだつた。

何が彼女を嘆かせたのか？何に彼女は嘆かねばならなかつたか……？それは……？それは……？有るべきところに、何ものも無いといふ惱みだつた。有るべからざるところにあることと等しくそれは痛ましい事實だつた。

彼女は藥店の前を幾度彷徨したことであつたらう！そして、フミナインを買ひ求めて、急いで家に歸り、使用したときの歡びは……希望は……？期待は……？

數ケ月後――フミナインが奏効したか、それとも、時が來たためか、微かに希望の芽生を見出したとき、彼女は雀躍して喜んだ。十數人の求婚が十數回の電灯のやうに明るく見え始めたのだつた。

スポイト•ガール――二十三景――

フミナイン……東京薬院が発売していた毛生え薬。

男性のためには遊廓があり、私娼窟があつた。しかし、女性のためには何が用意されてゐたことだらう……？

十二三歳頃から約十年間！女性は如何にして悩みを解決したらよかつたのかしら……？

政治家達は女性のために何の施設もしては呉れなかつた。しかし、女性は女性自身の手でこれを解決することに成功したのだつた。

T高女生千鶴子は七八歳の頃お人形遊びをやめてからは、赤ゴム製スポイトを玩具として、重寶がるやうになつた。それは大變彼女の好みに投じてゐた。興味の絶頂に達すると、思はず聲をたてゝ嘆賞するのだ。

スポーツ・ガール——二十四景——

神宮外苑の競技を見なかつたことのない鈴子だつた。嘗て、外人選手と腕を組み、外苑の櫻蔭で唇をゆるし、新聞種にまでなつたことのあるスポーツ・フアン鈴子だつた。

彼女自身は戀の世界のスポーツ選手だつた。

その貞操はスポーツマンのためなら、無條件に解放されるのだつた。

高女生……高等女学校生徒の略。高等女学校は戦前の女子中等教育機関で、原則として十二歳から十六歳までの四年間を修業年限とした。終戦後の一九四八（昭和二十三）年、新制高等学校の発足とともに廃止された。

外人選手……一九三〇（昭和五）年五月二十四日から三十一日にかけて東京で「第九回極東選手権競技大会」が行なわれた。極東選手権競技大会は一九一三（大正二）年、日本、中国、フィリピンが中心となって毎年持ち回りで開催された。現在のアジア競技大会の前身である。このとき来日した外国人選手と関係を持つ若い女性が多発し、百二十五人が摘発されて新聞沙汰となった。本項はその事件を下敷きにしている。舞台が神宮外苑なのは、第九回のメイン会場が神宮外苑であったため。

唇をゆるした後で、彼女は言ふのである。
――あなたを愛してるんぢやないのよ。あなたがスポーツマンであることを愛してゐるのよ。

オカチン・ガール――二十五景――

時子はシスの涓子とオカチンだつた。
時子はポチヤマンの肉體シヤン……惡く言へばクロペチヤだつたが、涓子の方はどうして、ダンチ……ダンチ……小町糸風のトテシヤン子だつた。
されど、あゝされど、二人はとつてもアマショクだつた。そして、盛んにしば〱レスピヤのスタンプを押し合つて、學生時代の享樂を貪り味ふのであつた。
時折二人は學課をエスケープして、百貨店に買物に出かけた。
食堂で――ライスカレー、ポンチ、ミツマメ、ソーダ水等々、百パーセントの食慾を發揮するのだつた。そして、就中、白木屋のトイレットの鏡の中にメーキアップされる殿方便所の光景を眺め乍ら、二人はクス〱妙な笑を笑ひ合ふのだつた。

シス……シスターの略で、同性愛の相手を指す女学生隠語。以下、本項にはオカチン、肉体シャン、クロペチャなどの女学生隠語が登場するが、いずれも二十九景で説明されているので割愛する。

ポチヤマン……ポチャマルの誤植。二十九景を参照。

ダンチ……学生隠語で段違いの略語。『断然違ふ』（モダン語漫画辞典）という解釈もある。

小町糸風……古風な（あるいは下町風の）美人。女学生の隠語。

アマショク……仲良くくっつくこと。二十九景参照。

エスケープ……英語の「逃げるescape」から、授業をすっぽかすという意味の学生用語となった。

時子は涓子の肉體の凡ゆる部分を知り味ひつくしてゐた。臍の上に小さい黒子のあることまでも……。

涓子も亦時子の肉體の凡ゆる部分を知り味ひつくしてゐた。二人は實にしばしば相慰め合つてゐたから……。

ペット・ガール――二十六景――

益子はハンドマネーに不自由したことがなかつた。といふのは先生のペットだつたから……。土曜日の午後になると、先生は必ず彼女を廊下の隅で捕へて、明日の日曜日の豫定を物語るのだつた。

――明日は三越で、待合せませうネ。益子さん……。

――はい。先生は何時頃に……？

――さうネ。十時頃二階の休憩所にしませう。

日曜日の二人は水も漏らさぬアマショクだつた。そして、一切の歡喜享樂をしつくして、午後十時頃別れるとき、

ハンドマネー……女学生隠語で小遣いのこと。本来は手付け金・保証金を指す。

——これネ。今週のハンドマネーにおし……。

さう云つて、　先生が渡した紙幣一枚を、益子は嬉しさうにポケットにする……。

チョンガー・ペット！チョンガー・ペット！

學友達はこの二人の愛の生活遊戯を見て、いつもトーストパンを燒きつゞけるのだつた。

スモーク・ガール——二十七景——

ゴールデン・バットをすいと手際よく拔き出し、口紙なぞは忘れちやつて、ポン〳〵と二つ三つはたいてから、輕く唇にくはえる。

マッチを內側へ一つ彈いて、火をつけると、プカリプクリ紫煙を吹き飛ばしたり、ふわりふわり搦ませたりする……彼女はタイピスト學校女生徒だつた。

いかにも、不良らしく見えるが、實は決して不良でなく、校の優等生で美貌で、健康で、人望もある……といつたなら、喫煙といふ事實と對照して、矛盾も亦甚だしい譯だがこれには一つの理由があつた。

その理由とは——？　世に秘められた一つのロマンス！


チョンガー・ペット……チョンガーは独身者。日本海軍の隠語で独身男子を意味するが、本項に登場する先生は女性のように読める。「ペット」は女学生隠語で「先生の愛人」のこと。

トーストパン……焼きもちを焼くという意味の女学生隠語。二十九景参照。

ゴールデン・バット……一九〇六（明治三十九）年に発売され、戦前から日本でもっともポピュラーだった煙草の銘柄。現在でもブランドとして存続している。一箱七銭で、煙草のなかでは最も安価であった。現在の価格は一箱二百九十円。

彼女が十七歳のとき、家計補助のため、女ダンスホールに雇はれたのだつた。そして、凡てのダンサーがさうである如く、忽ち處女を失ひ、莨を愛し、酒を嗜むやうになつた。しかし、彼女の內心の要求はそんなふしだらなものではなかつた。もつと、眞面目な……眞劍なものだつた。一年足らずで、ダンスホールをやめて、このタイピスト學校に入り、斷然生活革命を實行したのだつた。

ダンスを絶ち、酒を絶ち、賣笑を絶ち、凡ての過去を絶たうとしたが、たゞ一つ！　ニコチン中毒に冒されてゐた彼女は、煙草だけはどうしても絶ちかねた。彼女はせめても、喫煙だけを過去の記念として、愛しいつくしむのだつた。

キッス病患者――二十八景――

麹町Y女學校三年生芙美子は名も知らぬ不良少年から無理無態に強い熱いキッスを押されて以來、キッス病患者になつてしまつた。

學校の歸途、彼女は眼を皿のやうにして、あちこちと、キッス拾ひに、步き廻るのだつた。

――小路裏の七八歳の少年に、銀貨を一つ與へて、強い熱いキッスをしたり、共同便所に待ち

家計補助……ダンスホールのダンサーや女給の志望動機には家計補助目的が多かった。本項に登場する彼女も家計補助のためダンサーとなり、荒れた生活から更生するためタイプライター学校に通っている。タイピストの約六割は二十円を家計に当てていたという統計が「職業婦人物語」（前田一　東洋経済出版部　一九二九）に載っている。タイピストの平均月給は三十円～四十円であったからその半分が家計に充てられたことになる。尖端的で華々しい職業というイメージとは裏腹に、ダンサーやタイピストは悪条件に泣きながら真面目に働いていたのだ。

キッス病患者……○○病患者という言い方が一九三〇年頃から流行した。『銀座病患者か、お前もね』（川端康成「浅草紅團」）『猟奇病患者』（モダン語漫画辞典）という風に用いる。

構へてゐて、十四五歳以下の少年を無理强ひにキッスするのだつた。

また神宮外苑や戸山ヶ原では、心ゆくばかりのキッスを少年に與へたり、貰つたりするのだつた。

キッス！　キッス！　彼女のそれは寧ろ狂暴に近かつた。十歳以下の少年達は大抵息苦しさと、千切れさうな唇の痛さのために、遂に泣き出すのだつた。

もちろん、警察にひかれたこともあり、また少年達の親から叱られたこともあつたが、彼女はどうしても、この變態的な享樂を悔ひ改めやうとはしなかつた。つまり……患者だつたから……

――結婚すりや治癒しますがネ。結婚以外どうしても療法がありませんナ！

警察醫はさう嘆息するばかりだつた。

女學生隱語辭典――二十九景――

S女學校の生徒達は盛んに隱語を使用して、宛も雀のやうに、ぺちやくらぺちやくらお喋りをするのだつた。

女學生隱語……ここに列記された隠語の多くが、二村定一の歌う流行歌『娘アラモード』の歌詞に用いられている。解説を参照。

▲シス……同性愛人。

▲すこシャン……頗る美人。

▲すたシャン……スタイル美人。

▲とてシャン……とつても美人。

▲にくシャン……肉體美人。

▲えいシャン……同（衞生的）

▲どてシャン……不美人。

▲オカチン……仲よくくつつくこと。

▲アマショク……同

▲クロペチヤ……色の黑いお喋り屋。

▲マリちやん……はね歩くお轉婆。

▲ナフタリン……嫌な奴。

▲イン、ハラ、ベビー……姙娠。

▲有望……未婚。

▲アンバレ……アンチバレンチノで即ち嫌な殿方の意。

◎◎シャン……シャンはドイツ語のschönで「美しい」という意味。日本の学生間では美人の意味で用いられた。

▲ポチヤマル……丸ポチヤ顔。
▲ペツト……先生の愛人。
▲埠頭……便所。
▲ハンドマネー……小遣錢。
▲チヤガ芋……ニキビ面。
▲トースス……やきもち燒き。
▲島津公……さつま芋。
▲シヤボン……口角泡を飛ばす娘。
▲少納言……文學少女。
▲ズベ公……不良少女
▲スタンバイ……うつとり見惚れる。
▲とろんとする……うつとりする。
▲からたちの花……肺病娘。
▲カメレオン……移り氣な娘。
▲あけび……處女を失つた娘。

トースス……トーストの誤植。

▲エルさん……戀人。

▲ペチヤリスト……××する娘。

電車小景――三十景――

彼女等が三人集まれば、曇つた空もすぐ晴れる……。

――あらゝ！

――あらゝ！

――……。

――まア！とてもパリネ。

――パリだわ。

――……

一つの美麗なブツクカバーが焦點……！

――あたしとろんとしやふわ。

――とてもパリネ。

ペチヤリスト……伏字箇所は不明であるが「発展する娘」とでもいう意味だろう。

パリ……「素敵」という意味。

——うふつ！

——誰からお貰ひになつたの……？

——シスからでせう……？

——嘘よ！

——ぢやア誰から……？

——誰からなの……？

——いゝ人から……。

——まア！

——イミシンネ。

——…………。

無言は意味深長だつた。彼女はこのブックカバーを許婚のGから貰つてゐたのだつた。

——ぢやア、もうあんたあけび……？

——あけびでせう。

——嘘よ！そんなことないわ。

——あけびでせう。

イミシン……意味深長の略語。

あけび……二十九景参照。

――さうでせう。

――嫌アネ。嘘よ。

しかし、彼女の頬は眞赤になつてゐた。車内の人々の眼が彼女に集注されてゐたので……。

キャラメル・ガール――三十一景――

Mキャラメル製菓工場の包裝女工花子は何とかして、男から誘惑されてみたいと考へた揚句、一つのシステムをつくつた。

a……寢白粉を濃くつけること。

b……服裝を華美にすること。

c……スマイルを愛用すること。

d……鏡によつて秋波の練習をなし、機會ある毎に應用すること。

e……出來る限り人群りのする場所に出入すること。

このシステムは、仁丹などの効能書よりもその効果に於て、十倍の力があつた。

斯うして得た愛人との逢引を、彼女は芝浦の埋立地でやることにしてゐた。

Mキャラメル製菓工場……本文に示された地理から、芝区（現港区）高輪に工場を有した森永製菓の工場を指すと思われる。紙箱入りの森永ミルクキャラメルは一九一四（大正三）年から製造販売されていた。

スマイル……戦前、玉置製薬が製造販売していた目薬。戦後はライオンのブランドとなり、現在もスマイル44として健在である

小波の響をきゝ乍ら、彼女は頭の髮の中に忍ばせて持ち出したキャラメルの一箱を、彼に捧げるのだつた。

モスリン・ガール――三十二景――

晝間――男工たちが話し合つてゐた龜戸猥談を思ひ浮べた彼女は汚れた寄宿舍の薄蒲團を、惱ましげに抱き寄せるのだつた。

――起床――機械――勞役――睡眠――それだけの日課は若い娘にとつて、餘りにも淋しいことだつた。

何時頃からともなく、彼女の組の二人の女工は夜の十一時頃、こつそりと起き拔けて、小一時間餘りも姿を消すやうになつてゐた。彼女にはそれが何のためであるかは知らなかつたが、妙に胸の高鳴りを感じるのだつた。

ある日、男工の一人が彼女に囁きかけた。

――今夜十一時頃、塀の外に待つとるぞ！

――……　…………。

モスリン……薄手の毛織物。広く衣服などに用いられた。東京モスリン紡織株式会社（現ダイトウボウ株式会社）及び東洋モスリン株式会社は亀戸に工場を有していた。労働争議が頻発した東洋モスリン亀戸工場の職工からは、「女工哀史」を著した細井和喜蔵、中本たか子、帯刀貞代などプロレタリア作家や社会運動家を輩出した。

亀戸……戦前は私娼窟が広がり、魔窟と称されていた。

彼女は頬を赧らめて、默つてゐたが、しかし、その夜の十一時頃になると、彼女は夢遊病者のやうに、そつと寢床を脫け出て、裏庭に降り、塀の內側に步き寄つたのだつた。

――やつぱり來てくれたか……有難う……そこにビールの空箱があるだらう。それを踏み臺にして、塀を乘り越えるのだ。

彼女の足音をきゝつけた塀の外の男は、感謝と命令とを織り雜ぜたやうな口調でさう云ふのだつた。彼女は言はれるまゝに、ビールの空箱を踏臺にして、塀を跨ぎ、外へ飛び降りて行つた。――寒い雪の夜だつた。眞白な雪が積んでゐた。

男はいきなり顫へてゐる彼女を小脇に抱くやうにして、約小一丁程、雪の夜路を走つてとある物置小屋の軒下に來て、靜かに彼女を寢かせた。そして……。

その夜以後、この塀を乘り越えることは、彼女の唯一の樂しみとなつてしまつたのだつた。

シヤボン・ガール――三十三景――

……（伏字箇所）……発売禁止処分を回避するため、問題になりそうな語句や描写はこのように伏字が置かれた。このような風俗本はまだ伏字の内容が想像できるが、社会思想系の書物は伏字箇所が続くと悲惨なことになった。

花の王石鹸龜戸工場女工竹子は激しい勞働と無意味乾燥な生活の中に、たつた二つの樂しみを見出してゐた。それはお喋りをすることゝ、逢引をすることゝだつた。

この二つのものが、若し彼女から奪はれるとしたら、恐らく彼女は生活の重みに壓殺されるに違ひなかつた。

逢引の相手といふのは……？同じ工場の男工だつた。それから、その他にも……

——おい、餘りお前は亂暴すぎるよ。昨夕なぞ俺と別れてから、そつと後をつけてみるとどうだ……？見ず知らずの男をひつぱつてるぢやアないか……！

——でも、あたし好きなのよ。あんた骨惜しみばかりして、あたしを滿足させては下さらないのですもの。

——よし、それぢや、今夜はお前が懲り懲りする程いぢめてやるから……。

——えゝ。いゝわ。あたし飽きたことがないのよ。ほんとに飽きてみたいと思ふのよ。

龜戸天神の境内の池の中では、緋鯉が跳ね廻つてゐた。

——あたしネ。ずいぶんこの頃はいけない娘になつたと、沁々思ふわ。でも、この逢引をやめることなぞ、絶對に嫌なことだわ。

汗ばんだ二人には夜風が快かつた。

花の王石鹸亀戸工場……花王石鹸（現花王株式会社）の東京工場は正確には東京府南葛飾郡吾嬬小村井（現墨田区東部）に存在した。

文撰・ガール——三十四景——

——あたしがそも〳〵初めて戀を知つたのは……いゝえ、知らされたのは……無理に戀の種子をあたしの畑に植えつけられてから、もう一年餘りにもなるわ、最初の頃はほんとに荒々しく踏みつけられ、踏み躙られるのが快い苦痛だつたけれど、いまではもうたゞ甘い甘い快よさばかりになつてしまつて、あたしの生活に是非なくてはならぬものなの……。

それにしても、あの人はどうしても、あたしと結婚しては呉れないのよ。だつてさ。あの人はS博士のお孃さんを見出して、いま甘い甘い種蒔きの最中なんですもの。ですからあたしなぞ、顏負けしちやふわ。——お前はお前で盛んに發展したつていゝんだよ——とさうあの人は言ふのよ。薄情つたらありやしないわ。ほんとに勝手氣儘なの……だけどあたしあの人を恨んだり憎んだりする氣にはなれないわ。——あの人の幸福のためなら——あの人の好きなことのためなら——あたしの命なぞ捧げてもいゝ位に思つてゐるんですもの。いゝのよ。あの人があたしよりお孃さんが好きな事の爲なら、あたしを捨てちやつたつて。——あゝあゝ！あたし……どうして、こんなにあの人にすつかり打ち込んでしまつてるのかしら……？などと、彼女はT

文撰……活版印刷で、原稿に合わせて必要な活字を拾うこと。（広辞苑）

印刷株式會社の三階の文撰室で、活字を拾ひ乍ら、キナキナと考へるのだつた。

――あたし……決心したわ。今夜あの人を呼び出して話してみるわ。お孃樣と御結婚なさいましつて……。そして、後生ですから、あたしを女中に使つて下さいましつて……。

捲線・ガール――三十五景――

S製作所の扇風機製作部の捲線部女工町子はコイルの線を捲き乍ら、千々にくだくる胸の惱みを一生懸命捲き込むのだつた。

彼女は何を惱んで、胸をくだいてゐたか……?

彼女の愛人板金工場のSが仕上工場の糸子と、盛んに逢引をはじめたことが、彼女にトーストパンを焼かせたのだつた。

――どうしたら、再び完全に男を取り戻すことが出來るかしら……?

さうした惱みを終日コイルの中に捲き込んでゆくのだつた。

――いゝわ。あたし今宵あの人を呼び出して、もう命がけで………しちやうわ。そして、あたしの三千ボルトの愛熱で、あの人の心をすつかりとろ〳〵にしちまつてやるから……。

S製作所……電気扇風機を主力商品としていた芝浦製作所（現株式会社東芝）か。

トーストパンを焼かせる……焼きもちを焼くこと。扇風機の製造工場にトースターや三千ボルトの熱愛を巧く織り込んでいる。

斯うなりや、要するに、サービスが第一よ。

しかし、その日の夕方、彼女はSに逢引を申し込む前に、仕上工場のGから誘惑を受けたのだつた。そして、ケロリと氣が變つた。

――あたし……Gさんも好きだわ。いゝわ。Sさんが勝手な眞似をするのなら、あたしだつて負けてはゐないわ。

その夜、彼女は三千ボルトの愛熱をGのために捧げたのだつた。

星・ガール――三十六景――

H製藥株式會社包裝部の女工星子は處女だつた。もちろん男嫌ひだつた。その代り、彼女は女が大好きだつた。彼女は寄宿舎の一室で、二つ年下の初子といつも一つ蒲團にくるまつて寢るのだつた。

女が女と一緒に寢ることに何の興味があるのか友達には一向判らなかつた。しかし、星子と初子とにとつては、好もしい夜なのだつた。

他の女工たちは、それ〴〵男工や知人やその他の愛人を持つてゐた。二人はそれを振り向き

H製薬株式会社……星製薬株式会社を想起させる。本作にはこのように実在の会社を想像させる社名がイニシャルで多々登場する。リアリティーを加えるためであろうが、当の会社にとってありがたい使い方ではない。苦情など来なかったのだろうか？

もしなかつた。

或時は男工たちが二人を誘惑しやうとした。しかし、強い肱鐵砲を喰ふばかりだつた。

二人の世界！それは二人のみが知つてゐる世界だつた。男不要の世界なのだつた。

アメチヨコ・ガール——三十七景——

水無飴の製作所には寄宿舎がなかつた。房子は麻布新網町から通勤してゐた。まだ彼女は性戯を貪るには子供過ぎた。——十五歳だつたか……。しかし、彼女は美貌で、健康だつた。身體は十七歳位の發育を遂げてゐた。もちろん、内心……男が兎に角欲しくなつてゐた。

——戀つて、いゝものかしら……？

彼女は逢ふ人毎にそんなことを話しかけた。

——あたし戀を一度してみたいんだけれど……。

とは言へ、機會は戀を求むる娘には、皮肉にもオイソレとは來なかつた。焦つた揚句、彼女はふと夜警の爺さんが獨り者で淋しがつてゐることを思ひ浮べた。すると、丸で、夢みるやうな氣持で、夜警の音のする方へ、爺さんを追つかけて行つたのだつた。

アメチヨコ……小さい飴玉。小川未明の童話『飴チョコの天使』（一九二三）の飴チョコは森永ミルクキャラメルのことで、商標の天使が主人公となっている。本項では小川未明の淡く哀しい童話とは正反対に、手近な老人の夜警を相手に大人の味を舐めてしまう少女が描かれている。

爺さんと十五の少女……！それがどんなことになつたかは知らない。しかし、その夜以來、夜警の響がすると、彼女はフラフラと家を抜け出して行くやうになつた。

タバコ・ガール——三十八景——

タバコをつくる可憐な小娘にも、春がめざめかけてゐた。

先輩女工たちが映畫俳優の噂に耽つてゐるところへ仲間入りして。

——あたし……長二郎大好きなのよ。昨夜なぞ、夢を見てズロース臺なしにしちやつたわ。

そんなことを言つて、人々を呀ッと呆れさせたりするのだつた。

あるときは、男工から貰つたラブレターを仲間に見せびらかして、自慢の鼻をうごめかすこともあつた。

——昨夜ネ。お湯に行くとき貰つたのよ。弓ちやん！これ讀んで……つて言ふんでせう。あたし……こんな手紙貰つて、讀んだり、笑つたり、返事かいたりするの大好きだわ。あのネ。そしてネ。キッス………………つて言ふのよ。だから、あたし……キッスだけなら…………………たの。でも、思つたほどいゝもんぢやアないわネ。


長二郎……林長二郎＝のちの長谷川一夫。

十六の弓子――專賣局の女工だつた。

板張り・ガール――三十九景――

紡績工場のあるところ　必ず板張りが流行する……つまり、板張の外で、男工が女工を張るのだ。それは、男工にとつても、女工にとつても、その日一日の勞苦を癒やす唯一の慰安だつた。

女工光子はこの板張りが大の好き……盛んにしば／＼試みる……もちろん、貞操の圓太郎だつた。

圓太郎をすることは、キヤブリケースつてこと位は百も知つてはゐるたが、しかし、無味乾燥な女工生活に、これなしでは、とても淋しくてやりきれなかつた。

――先は先のこつだわよ。一寸先は闇の世ぢやないか……あたしなんぞ、明日にも機械に挽かれないとも限らないのだもの。いま樂しめるうちに樂しんどかないと、樂しめなくなつたとき、いくら後悔したつて、追つゝきはしないことよ。

境遇は彼女を刹那主義者にしてゐた――悲しいときには泣く――嬉しいときには笑ふ――苦

板張り……四十景を参照。

圓太郎……乗合馬車のこと。落語家の橘家圓太郎が御者の物真似をして評判となったため乗合馬車を圓太郎馬車と俗称した。二十九景で「貞操解放」と説明されているように、ここでは「誰でも乗れる性的に奔放な娘」という意味となっている。

キヤプリケース……カプリシャスCapricious（気まぐれな）の誤記か？なおCapriciousnessで変態という意味となる。

しいときには悶える——快いときには呻く——食べたいときには食べる——喋りたいときには喋る——自然兒だつた。

有閑夫人や有閑令孃たちが、ダンスやゴルフや麻雀などで、うさ晴らしをやると同様に彼女は板張りの圓太郎で、うさ晴らしをやるのだつた。

夕——薄暗がりの板塀の側で、內と外とからコツン〱と塀をたゝいて合圖をする……そして、約束が決まると塀を乘り越える……あつちでも、コツン〱と音がする……。

數十組のランデブウ……それを守衞や巡視は見て見ぬ振をする……他人の戀路の邪魔をすれば鬼に喰はれてしまふから……。

女工隱語集——四十景——

▲板張り……板張の側の逢引。
▲一枚……一圓。
▲カチカン……三十錢。
▲フリカン……二十錢。

隠語集……本作には女学生と女工の隠語集が収録されている。昭和初期はさまざまな職業や社会の隠語に対する興味も盛んになった時代で、モダン隠語や不良少年、香具師、犯罪、男女関係の隠語や符丁が活字化された。

▲ニブ……五十錢。
▲圓太郎……貞操解放。
▲キャブリケース……馬鹿。
▲メイド……龜戸。
▲ノイ……玉の井。
▲デコシャン……不美人。
▲ドヤ……木賃宿。
▲ドヤ錢……宿料。
▲スベ……不良。
▲動活……活動寫眞。
▲テン……良いといふこと。
▲エンコ……淺草公園。
▲レコ……愛人。
▲モ、さん……好きな男。
▲チョウさん……好男子。

▲病人……妊娠娘。

▲おせん……煎餅。

ナンセンス・ガール――四十一景――

伯爵令嬢夏繪子――彼女は時によると、ナンセンスそのものだつた。近代が生んだ畸形娘だつた。いつもさうではなかつたが、その發作が起ると理論を突破して、天馬空を行くの概があつた。

ある夏の一日――鎌倉の濱邊で、水泳に疲れた彼女は、砂濱の上に海水着を脱ぎ捨て、待たせてあつた自動車に乘り込み、運轉手にハイスピードを命じた。

一時間七十哩の超スピードは、鎌倉の街を縱横無盡に蹴ちらかして走つた。そして、必然の結果として、警官に捕つてしまつたが、さて――これからが大變だつた。

自動車の中には、一糸も纏はぬ彼女が大股を擴げて　凉を貪つてゐたのだつた。

『キヤッ！』と悲鳴をあげたのは、彼女ではなく警官の方だつた。…………

…………そこで、警官は附

七十哩……約百十二キロメートル。

近の洋品店から毛布を借り受けて來て、彼女をグルグルまきにしてやつと警察署へ引致した。

――君は狂人か？

――いゝえ、そんなんぢやありませんわ。

――何だつて、全裸體で乘り廻すんだ？

――だつて、着物なんぞ着てたら、蒸し殺されてしまひますわ、こんなに暑いではないの……？

――何を言ふ？それでは何だつて、一時間七十哩もスピードを出して走らせたか？

――だつて、ノロマな走り方をしてたんぢや風がはいりつこありませんもの。

濱では、運轉手が蒼くなつて、この赴を注進したので、友人達はそれツとばかり、警察署へ……。

――恐れ入りますが、あの娘《かた》は時折、センスの發作がございますので……。どうぞお目こぼしをお願ひします。

やつと貰ひ下げることは出來たもの丶、汗をかいたのは友達で、夏繪子は涼しい顏をしてゐるのだつた。

彼女は毎日一回宛は何かしらのナンセンスをつくらずにはゐられない性分をもつてゐた。

センス……ナンセンスを短縮した言葉。どんな言葉でも短縮してモダン語に仕立てるのが流行した昭和初期だが、センスの用例は乏しい。ここではセンスにメンスを掛けてあるのではないかと思われる。

松茸・ガール――四十二景――

海軍中將令孃耶奈子――彼女は松茸が好きだつた。味も勿論結構だつたが、形が殊の外氣に入つた。

――何とまア！好き風な形をしてゐるのでせう！松茸といふものは……。傘をさして、秋の山を踊り廻つてゐるやうな面白い形！あたし大好きなのよ。

秋がくると、彼女は毎日のやうにさう呟くのだつた。

また、彼女はバナヽが好きだつた。

――ほんとに、バナヽの味は格別よ！とろけるやうな甘味！しびれさすやうな匂ひ！あたしはあの柔かい黄ろい棒を唇でしめつけてとろつとするのよ。とても、すてきな感覺が胸を顫はせるわ。

さう彼女は四季幕なしに呟きつゞける。

――松茸とバナヽ、とがこの人生になかつたとしたら、生甲斐なんぞないわ。だつて、あたしがどんなに好きだかといふことは、若しこれを食べてはいけないと神様が仰しやるやうなこと

松茸……暗喩である。

バナナ……暗喩である。

があつたら、すぐ自殺しちまふであらう位好きだつてことで、充分證明できると思ふわ。それ位好きなのよ。

とも呟く……。

彼女はまだ十八歳！未婚の處女であるが、さて、結婚後もなほこの松茸とバナヽが好きであるかどうか……？

サンマー・ガール――四十三景――

身心の健全を増進するために、彼女は水泳教師を雇つて、鎌倉長谷の別荘に出かけたのだつた。

波荒き鎌倉の海！それは彼女の皮膚を眞黒にし、彼女の生活慾を百パーセントにするに充分だつた。

ある日、彼女は水泳教師を伴れて、拔手の練習に出かけた。

――お孃さま！今日は僕と競爭してみますかネ……？

――いゝわ。先生を負かしてあげるから……？

サンマー……戦前はサマー summer をしばしばサンマーと表記した。

そんな風に語り合ひ乍ら、二人は海に躍り込んで、盛んに抜手を切つて、キヤツキヤツとはしやぐのだつた。

しかし、遂に彼女は疲れた。

――あたし……負けだわ。溺れさうよ。

――うぷツ！疲れましたか？疲れたときは立泳ぎに限ります。

さう言つて、彼女の胴を抱き、立泳ぎの手の動かし方を教へるのだつた。

男の強い腕に抱かれたとき、彼女は未だ嘗て一度も感じたことのない或る特殊な激情を全身に感じて、

――あたし……疲れちやつて泳げないのよ。あたし……。

彼女は興奮に唇を顫はせ乍ら、しつかりと彼の身體に搦みついてゐた。

――大丈夫です。手を放してはいけません。すぐ淺瀬につれてつてあげますから……。

さうしたことがあつてから、一週間は過ぎた。夏休みももう殘りすくなになつてゐた。

彼女はふと自身を顧みた。そして悚然とした。しかし、もう遲かつた。身心の健全を增進するために、わざ〳〵この海濱に避暑したのに、彼女の唇はよごれ、唯一の珠は壞れてゐるのだつた。

唯一の珠……処女。

――お孃さまは後悔してゐますネ。

――……

彼女は婚約のM子爵令息からどんなに責められることだらう……と考へるのだつた。

紅ばら團長――四十四景――

彼女が家出して不良少女の群にはいつたのは、父子爵が馴れぬ事業に手を出して、破産の宣告を受けた日だつた。

子爵令孃――美貌の令孃――捨て鉢になつてはゐたが、自ら備はる高貴な氣品を持つてゐた。不良少年少女達は無條件で、彼女を團長に祭り上げてしまつた。

紅ばら團――日本橋小網町河岸の達摩船を根城にして、性戯、窃盗、掻拂ひ、掏摸等を働くのだつた。

團員は少年といつても大抵二十歳を過ぎてゐたし、少女といつても十七歳以下のものはゐなかつた。總員十三名。團長の君惠子は十八の處女だつた。

日本刀や短刀を懷に呑んでゐる不良少年も、男を誘惑して一夜に四五名を手玉にとる不良少

不良少女……東京には不良少女が率いる不良集団がいくつも跋扈していた。新宿ではブローニングを懐にした「ガルボのお政」、浅草でも拳銃を携帯する丸山マツ＝通称「坊っちゃん」などという不良少女のリーダーが睨みを利かせていた。武内眞澄『猟奇近代相　実話ビルディング』（宗孝社　一九三三）には嘘か本当か「血桜団のお龍」「不良団の女王愛子」「センチメンタルお芳」などの不良少女が紹介されている。

女も、みんな君惠子を姐御々々と敬ひ、收獲の全部を捧げて、分配などは凡て君惠子の指揮を待つのだつた。從つて、彼女は女王のやうに生活することが出來た。自ら窃盜や掏摸をすることもなく、處女性を失ふこともなく……それでゐて、團長としての貫祿を保つことも出來た。

——姐御！姐御！姐御はもつと威張つていゝんだよ。團長なんだもの……。情夫の四五人はつくつたつて、俺等ア何とも言やしねえよ。團長だからなア。俺等ア姐御のためなら命を投げ出しもするんだよ。

この一團は不思議に、君惠子を絶對的の存在として、尊敬するのだつた。その理由を彼女は知らなかつたが、この不良團に他では到底見出しがたいなつかしい俠氣のあることを沁々感じるのだつた。そして、彼女は遂にある決心をした揚句、この一團の凡ての男に對して、それ〴〵平等に彼女の貞操を與へ、彼等の愛慕に酬ゆることにしたのだつた。團員達が涙を流して、驚喜雀躍したことは説明するまでもないであらう……。

いともよき治療——四十五景——

陸軍少將令孃芳枝子は十八歳の健康と美貌とを持て餘してゐた。はちきれるものゝ惱みを明

治療……令嬢をたらしこんで性交に及んだという意味である。

るく笑ひ乍ら悩んでゐた。

その悩みは時折潮のやうに、彼女をグルグル捲にして、もう理性も何もかも凡てを失はせる程、狂暴な龍巻となつて襲ひ迫るのだつた。

——ネネネあたし……もう何とかせずにはゐられないのよ。何とかしなけりや……。

さう口走つて、彼女は相手が男友達であつても一切お關ひなしに、飛びついてつて、頸を捕へ、肩を抱き、無茶苦茶に踊り廻つたり、飛び廻つたりして、おしまひにはすつかり疲れ盡して、床の上にヒナヒナになつて、ぶつ倒れるのだつた。大きく肥つた白い脚を投げ出して……。

彼女のこの發作が何に原因するものであるかを、三ケ月間研究してゐた一人の男友達が彼女を彼の下宿に招待して、遂に彼女に治療を施してやつた。即ち彼が研究によるいとも快き特殊の方法で……。その時、芳枝子はすつかり發作から醒めて、沁々と、さめぐ〵と泣いたのだつた。

——あたし……もう、あんたとは絶交よ。もう……あたし生きてはゐられないわ。今日歸りには身投げでもしなけりや……。

泣き乍ら、プンプン怒つて、彼女は彼の下宿を辭し去つたのだつたが、その翌日、意外にも、彼の下宿を芳枝子が訪れた。

――どうしました……？身投げは中止しましたか？

――えゝ。身投げなんぞ、いやなことですわ。

――すると、つまり……。

――えゝさうなの。

――つまり、僕の研究によるいとも快き治療が御意に召したとみえますネ。

芳枝子は頬を紅めて、うつむくのみだつた。

マージヤン・ガール――四十六景――

彼女は麻雀狂だつた。それも單に遊戯するだけでは滿足出來なかつた。金をかけるか何かしなければ……。

麹町三番町に、嘗て父の妾であつた藝妓が親になつて、盛んに麻雀賭博を開張してゐることを知つてからは、毎日のやうに出かけるのだつた。

彼女はよく負けた。いろ〳〵苦しい金策もした。それでも、この麻雀だけはやめられなかつた。


マージャン・ガール……麻雀は大正末期から昭和初期に大流行した。ブームに乗って麻雀クラブに出現したのが麻雀ガールで、員数が足りない時などに客に交えた。クラブの増加に従って客の争奪戦が激しくなると美人の麻雀ガールを置いて客寄せにした。本項ではお客の方がマージャン・ガールで、負けが込むと貞操を売って負債をチャラにするのである。

或日、三百圓餘も負けて、彼女はすつかり悲觀した。それは嫁いだ姉を訪問して、巧に欺いて借り出してきた金なのだつた。彼女はもう賭ける一文の金も持たなくなつた揚句、遂にあることを決心した。

――いゝわ。誰か……あたしの貞操と取引して下さらないこと……？處女よ！ですから安いけど五百圓にしとくわ。

この申し出は男達を驚喜させた。

――よろしい。僕が賭けます。

――僕も賭けますよ。

――僕も……。

六人の男が全部賭けたので、机上には三千圓の札束が積まれたのだつた。

その勝負の結果は……？折角、背水の陣を敷いた甲斐もなく、彼女の悲慘なる敗北に終つた。

そして、その夕、彼女はその處女を六人のために捧げなければならなかつた。

――お孃さん！あなたは無盡藏のお金持ですよ。××をお賭けになりさえすれば……。

――さうですわネ。あたし……こんな金坑を持つてゐたことを、今まで氣づかないでゐたのよ。

××……貞操か。

彼女は麻雀の勝負のためには、自己の生命をすら賭け兼ねない聲音と面持とで、さう言ふのだつた。

ハイスピード・ガール──四十七景──

電力王杉永氏令嬢七生子は時折ハイスピードを命じて、運轉手をてこづらせるのだつた。

──邦樂座へやつておくれ……。

──はゝはい。

邦樂座で、打ち合せてあつたと見えて、はいると、まもなく、瀟洒な一人の青年を伴れて出てくる……。そして、再び自動車へ……。

──どちらへ參りませう……？

──さうネエ。どこでも關はないけど、成るべく時間をつぶせる方がいゝわ。ぢやアネ。横濱まで、ハイスピードを出しておくれ……。

──はゝはい。

自動車の中では華氏三百度の火花が飛ぶ。運轉手は全身を耳にしたりして、危く田畑へ乘り

邦樂座……丸の内の劇場。一九二七年にパラマウント映画の直営館となった。現丸の内ピカデリー。二十景と同工異曲の内容である。

入れやうとする騒ぎ……。
やがて、横濱につくと、
——もう横濱なの……？
——はい。こんどはどちらへ參りませう……？
——さうネエ。こんどは邦樂座までやつておくれ。
——ウエヘッ！また邦樂座でございますか。
——いゝから、やつておくれ。
——はゝはい。
自動車の中ではエロ百パーセント……。
運轉手は神經衰弱になりさう……。
やがて、邦樂座へ戻つてきた。
——つきました。邦樂座はこゝでございます。
——さう。ぢやアネ。こんどは横濱までやつておくれ。
——ウエヘッ！また横濱へ行くのでございますか？
——いゝから、やつてお呉れ。

エロ百パーセント……カフェーの看板文句などに使用された惹句。短縮して「エロ百」とも云った。

斯うして、彼女は自動車ラヴを享樂するのだつた。一日數回、横濱邦樂座間の往復は運轉手を神經衰弱にするに充分だつた。

結婚拒否――四十八景――

結婚式上から、俄に姿をくらました彼女はその日の夕方、大磯から電話を自宅にかけた。

――お父さま……？

――いゝえ。書生でございます。

――フン！書生ツポか？お父さんを呼んでおくれ……。あたし……澄子よ。

――あツ！お孃さまでございますか……一寸お待ち下さいまし。

――おい澄子！

――あら！お父さま……？

――お前氣が狂つたのか？俺を心配させるにも程がある……。

――ウツフツフツ。オツホツホツ！

――何を笑ふんだ？お前はいつたい今どこにゐるんだネ？

大磯……神奈川県の湘南地域に位置する。海水浴場、別荘地として開けた。一九三二年に大磯町の坂田山で起こった心中事件は「天国に結ぶ恋」として映画や歌謡となった。

――大磯の別荘に來てゐますのよ。

――馬鹿！何だつて、結婚式上から姿をくらましたんだ……？

――うふッ！だつて、だつて、あたし……急に結婚がいやになつたんですもの……。

――何を言ふ……？

――結婚がいやになつたと言つてるのよ。だつてさ。あの方の頭を眤つと見てたら、急にふき出したくなつたの。こつてりと撫でつけた髪の間から、禿が少し見えてるんですもの……。いやんなつたつて無理ぢやないわ。ウツフツフツ！オツホツホツ！

――……。

――どうして……？お父さま啞になつたの……？

――馬鹿！仕様のない娘だ！

――ウツフツフツ！オツホツホツ！

ヒロイン・ガール――四十九景――

彼女にはいとも風變りな享樂があつた。それは小說の女主人《ヒロイン》になつてみることだつた。

例へば、鳴門秘帖を讀む……と、見返りお綱を自分に擬して、いろんなお轉婆を試みる。

こんどは照る日曇る日を讀む……と、白嶺のお銀になり變つた氣持……見返のお綱の方はすつぱりと忘れてしまふ。小説を一册讀む毎に、彼女はいろ〳〵になり變つて行くのだつた。でお傳にもなつた。小町にもなつた。またカチユーシヤにもなつた。コゼツトにもなつた。その他等々々々。

小説の主人公《ヒロイン》になつて、奔放な享樂と悲慘な運命との實驗はいつも彼女を喜ばせた。しかし、そのために、彼女は放校、監禁の憂目に逢はねばならなかつた。

刺戟病患者――五十景――

美枝子は有閑令嬢だつた。この四月、女學校を卒業してからは、暇と退屈とで大いに弱つてゐた。そのくせ、彼女はすこやかな健康體と溢れる精力とを持つてゐた。

じつと、家の中になど引き籠つてゐる氣にはなれなかつた。強い刺戟を求めて、街頭へ飛び出し、いろんな體驗をしてみたいと考へた揚句、先づ斷髪をした。洋装を整へた。そして、カフエーやダンス・ホールに出入して、盛んに友達をつくつていつた。

鳴門秘帖……吉川英治が大阪毎日新聞（一九二六～二七）に連載した小説。見返りお綱はスリの役柄である。

照る日曇る日……正確には「照る日くもる日」で、大佛次郎が大阪朝日新聞（一九二六～二七）に連載した小説である。白嶺のお銀は女賊という役柄である。

お傳……強盗殺人事件を起こし、明治の毒婦と称された高橋お伝。すこぶる多情で美人であったことから仮名垣魯文の『高橋阿伝夜刃譚』（一八七九）など文芸作品にもなった。

小町……菊池寛の戯曲『小野小町』（一九二三）か。

カチユーシヤ……レフ・トルストイの小説『復活』（一八九九）に登場するヒロイン。

コゼツト……ヴィクトル・ユーゴーの小説『レ・ミゼラブル』（一八六二）に登場する少女。

彼女はあらゆる點で尖端・ガールを任じてゐた……街頭の男達の視線がいつも彼女に降るのだつた。

やがて、カフエーもダンスも飽いてしまつた。何か面白いことはないかしら……？と呟いて、心捜しするのだつた。

強い刺戟！退屈を醒ましてくれる強い驚倒をひた求めに求めるやうになつてきた。

ステツキ・ガールにもなつてみた。キツス・ガールにもなつてみた。しかし、それにもすぐ飽きがきた。

彼女は刺戟を求めて、次第に深入りしてゆくのだつた。

或日、彼女は警視廳で取調べを受けてゐた。

——何の不自由もない富豪の令孃のあなたが、掏摸をしたり、賣春をしたりしたといふのはいつたいどうしたことだ……？

——えゝ。でも、あたし……掏摸もしましたのよ。賣春も……。

——何だつてそんなことをする必要があつたのです？

——あのネ。お金など欲しくはありませんけど、掏摸の危險、賣春の悲哀等にデリケートな享樂を貪つてましたの。

尖端・ガール……「尖端」「尖端的」という言葉は一九三〇年のモダン語で、尖端・ガールと書いてトップ・ガールと読ませる。松竹映画『尖端的だわね』や流行小唄『尖端小唄』が時代を先取りするモダンさで流行したが一、二年ですたれた。

ステツキ・ガール……十三景を参照。

キツス・ガール……十二景を参照。

——妙なことを言ひますネ。

——この氣持はあたしでなくちやお判りにならないと思ふわ。何でも新らしい刺戟はあたしを歡ばしてくれますの。實を言へば、こゝで取調べを受けてゐることも、あたしにとつては享樂の一つですの。恐いけど、恐さの中にふくまれてゐる新らしい刺戟！もつと、取調をひどくして、あたしを泣かせて下すつてもいゝわ。

その言葉は係官を啞然たらしめた。彼女は近代病の一つ、刺戟追求病に冐されてゐるのだつた。

お腰を買ふ娘——五十一景——

下宿屋S館の女中品子は、一日の休暇を貰つて、M百貨店に買物に出かけた。

——あら？松山さん！

——おゝ！品やちんぢやないか！

——今日は休暇貰つて買物に來ましたの。

——僕も手傳つてあげやうか？

お腰……腰巻き。女性の下着で、着物の下に着用した。腰巻きといえば赤いものと相場が決まっていた。

――えゝ。

偶然下宿のK大生と出逢つたのだつた。二人は特賣場にはいつて、人の渦巻に揉まれ乍ら、無暗矢鱈に商品を搔廻して歩いた。

小一時間餘りもしてから、

――おい！品ちやん！もうこゝを出やうよ。人に蒸されちやつて、貧血を起しさうだよ。

――えゝ。

と、そこで、品子の買ひ上げた品物といふのは――？

(1)お腰(赤メリヤス)　二枚
(2)格安ズロース　二枚
(3)タオルハンカチ　半打
(4)男猿又　二枚

二人は喫煙所まで來てホッとした。

――品ちやん！食堂奢つてあげやうか？

――あら！あたしが奢りますわ。

――豪勢なことを言ふネ。

男猿又……猿股（猿又は当て字）は男性用下着で、パッチともいう。昭和初期には西洋褌という表記もしばしば見かける。

――だつて、今日は買物の手傳をして戴いたんですもの。

――うぷッ！さうか。ぢや奢つて呉れ給へ。だがネ。先刻から不思議に思つてゐることがあるんだよ。その猿又どうするんだい？戀人でもあるのかい……？

――あれ！まア！そんなこと……。これはネ。安物ですけど、あなたにあげやうと思つて……。だつて買物の手傳ひをして下すつたんですもの。

――うゝん……成程ネ。君のお腰その他の買物を手傳つた報酬として、猿又を頂戴するまた面白からずや！かネ。

――ひやかしちや嫌ですわ。

彼と彼女とは、その日以來、特別に親しくなつたのだつた。

納屋で語る娘――五十二景――

紅川産婦人科醫院の女中お松は、午後九時頃になると、いつも三十分餘り姿をくらますのだつた。

――松や！お前何處に行つてんだネ？

奥さまがさうお訊ねになると、庭に植木の手入をしてゐたとか、納屋の掃除をしてゐたとか、何とかかとか危ふげな答をするのだつた。その實、決して植木の手入をした形跡もなく、納屋の掃除もしてなかつた。

彼女は納屋の薄暗がりで、出入の魚屋の若衆と、何やら親しげに語り交はしてゐたのだつた。

その語らひといふのは……？

——いつ頃、家……持つの……？

——この秋で、年があけるんだよ。それまで、辛抱して奥んなネ。

——秋ならもうあと三月だわ。ほんとう……？

——うん。秋になりや二人で……。

この納屋は彼等の甘い語らひをするための塒なのだつた。

客の室に長居する娘——五十三景——

財界の不況は頓だ方面にも波及してきた。大津旅館の主人は人件費節約と増收方法に思案投首をした揚句、女中の給料を全然支給しないことにした。

年があける……年季奉公の期限が切れること。年季奉公の多くは住み込みであった。

――お前達も若い美しい身體を持つてゐ乍ら、たゞお膳の持ち運びだけさせて置くのは勿體ない話だ。どうだネ……？何とか工夫して稼いでみては……。不況の際何とか考へてみてくれ。今日から、給料は全然出さんことにしたから……。

さう宣告したのだつた。

女中達は狼狽した。何とかしなければ、湯錢、髮結代、その他の雜費をどうしやう……？しかし、そこへくると、女は重寶なものだつた。彼女達は客の室に長居するやうになつた。また厚化粧をしておしやれをするやうになつた。給料を貰つたゐた時よりもより裕福になつてきた。

――うぷッ！女つてものは始末のいゝものだよ。つぶしがきくからなア……。

主人はさう呟いて、北叟笑むのだつた。

令息を慰める娘　五十四景――

榮子が女中室で、せつせと針仕事をしてゐると、突然はいつて來た公麿が彼女の肩を抱きすくめたのだつた。

夏の蒸し暑い晩の出來事。

湯銭……一九三〇年当時は五銭。

髪結代……一九三〇年当時は五十銭。

女中室……女中部屋。屋敷の多くには女中（家政婦）の寝起きする部屋が設えてあった。二・二六事件の際、総理大臣の岡田啓介が女中部屋の押入れに隠れて難を逃れたエピソードは有名。

——あれ！何をなさいますの……？
——いゝぢやないか……榮子！
——何がでございます……？
——いゝさネ。榮子！
——あら！そんなことを……。
——いゝさ。
——いゝえ。
——いゝさ。
——いゝえ。
——いゝさ。
それから、約一ケ月後のこと。
——榮ちやんは僕の奥さんになるつもりかい……？
——いゝえ。そんなことは……。
——僕の奥さんになるの……嫌かい？
——そんな望みを起したつて仕様がありませんもの。

——どうして……？

——身分が違ひますもの。

——舊式だネ。君も……。

新らしがつたところで、所詮……。

——でも、君は僕を愛して呉れるぢやないか……。

——えゝ。もうそれは……。あたくし……あたくし……若さまをお慰めできさえすればいゝと決心して居りますの。若樣さえよければ……若さまさえ御滿足なされば……と……。

このセンチメンタリストと若樣とはお誂へむきの好一對に相違なかつた。殊に、若樣公麿にとつて重寶な彼女の存在だつた。

三角を描く娘——五十五景——

B子は旦那樣のお氣に入りだつた。

——お歸り遊ばせ。

洋服の塵を拂ひ、これを脫がせ、何くれとなく世話をするのは、普通奥さまの役目である筈

三角を描く……三角関係という意味合いである。

だつたけれど、この家では、B子がそれをするのだつた。

――あの……奥さま！金盥に水を汲んどいて下さいまし。

B子はさう奥さまに命令しといて、自分は旦那様の身の廻りの始末をするのだつた。

B子は才はじけて、モダンで、美貌で、要領のよい、キビ〳〵した女中だつた。

奥さまは內氣なおとなしい女だつた。

晩食の折でも、B子は一二杯のビールを傾けて、旦那さまのお酌を巧みにやつてのけた。

奥様は奥様であり乍ら、女中の役を引受け、B子は女中であり乍ら、奥様の役をつとめることが多かつた。

奥様は心の中で泣いてゐた。しかし、どの點から言つても、B子には劣つてゐるので、眤つと忍從する他はなかつた。この家庭では……。

B子は奥様と女中の立場に墜落させはしたけれど、決して、奥様の位置を覗はうとする野心は起さないのだつた。

斯うした生活が一年餘りも續いて、B子が赤ちやんを產んだとき、その子は奥様の子として、入籍されたのだつた。そして、この三角關係は決して爆裂することなく續いてゆくのだつた。

女中の要求書――五十六景――

彼女が解雇された理由といふのは……？次のやうな要求書を、主人に提出したからだつた。

(1)……奥様嫉妬をおやめになつて下さい。
(2)……旦那様、揶揄つたり、冗談言つたりしないで下さい。
(3)……給料を十圓にして下さい。
(4)……讀書時間を三時間與へて下さい。
(5)……女中にだけ、特に麥飯を焚いて食べさせるのは酷すぎます。
(6)……六時間の睡眠をさせて下さい。
(7)……月に三回外出を許して下さい。
(8)……叱責訓戒は關ひませんが、侮辱だけは止して下さい。
(9)……人間扱ひをして下さい。
(10)……日曜毎に何かしら御馳走して下さい。
(11)……毎日大福餅三個、飴ころ餅二個をおやつに食べさせて下さい。

要求書……組合のストライキという形をとって主人夫婦の秘め事にまで要求したことで逆鱗に触れるという軽度のエロを描いている。

麦飯……麦飯や粟、稗などの雑穀米は今日でこそ健康食として有難がられるが、昔は粗食の代表であった。

(12)……坊ちやんに亂暴をさせないで下さい。
(13)……坊ちやんを叱る權利を與へて下さい。
(14)……××は成るべく秘かにやつて下さい。女の前でも、餘りみつともない××は嫌でございます。
(15)女中室は女中專用にして下さい。
一月もかゝつて、つくり上げたこの要求書は五分間でたゝき壞されたのだつた。

痩せたい娘——五十七景——

美世子の嘆きは日一日と肥滿の度合が強くなつてゆくことだつた。

——痩せたい……痩せたい……。

さう呟き乍ら、彼女は湯殿の湯氣に捲かれ乍ら、ブヨブヨに膨れた肉體を泌々呆れ顔で眺め廻すのだつた。

——まア！何とあたしのお乳の大きいことゝ！二つの大きなゴム毬がしつかと、あたしの胸に抱きついてゐて、どうにも邪魔でしやうがないわ。


××……情交。

――あゝあゝ！何んとあたしのお腰の太いことよ！そつと坐つても、床がミシ〳〵音がする位……。

――脚だつて松の木の丸太のやうだし……。いくら……おさんどんといふものが太ッちように相場が決められてゐるにしても……。

――何かの本にかいてあつたつけ……痩せる最良法は戀をすることだつた……。あたし戀をしてみたいわ。戀！戀！戀！戀！戀！

――あたしをゲツソリ痩せさせる戀はないものかしら……？

その後、間もなく彼女がゲツソリ痩せたこともちろんである。

物干臺の求愛――五十八景――

一度男を知つた女はいつも男のことを考へる……考へずにはゐられない……と、ある女囚の日記にかいてあつたのを、彼女は何かの雜誌で讀んだことがあつた。

――ほんとうだわ。さうよ。確に……。

彼女は幻想に醉ひ乍ら、さう呟くのだつた。

おさんどん……女中。一九二九年の『モダン節』では〽お台所は蜘蛛の巣まかせ　髪にウエーヴ頬紅つけたモダンおさんどんがあんよを眺めここな練馬がちょいと本当にくやしいわ（時雨音羽＝作詞、佐々紅華＝作曲　二村定一／葭町二三吉＝唄）と歌い込まれている。猫も杓子もモダン文化に染まったさまを風刺しているのだが、田舎出のおさんどんもその例外ではなかったのだ。

――誰だつて關はないわ。どうせ一度男を知つてるんですもの。例へば、こゝの旦那さまだつて關はないわ。魚屋だつて、米屋だつて八百屋だつて、豆腐屋だつて、屑屋だつて、隣の書生さんだつて……。

彼女はふと偉大な發見をした。そして、夕暮の物干臺に上つて行つた。隣の物干臺ではM大生が夜空の神秘をうつとり眺めてゐた。

女の欲しい男と男の欲しい女とが、物干を隔てゝ、暫く佇んでゐた。

――美しい夜ですネ。

――ほんとですわ。

――いゝ夜空！も少ししたら星が空一杯出るでせう。

――えゝ、あの……すみませんけれど、何が面白い本を貸して戴けなくて……？

――あげますとも……。

二人の眸が俄に輝き始めたのだつた。

二十八貫の娘――五十九景――

物干臺……昔の都市部の日本家屋には、二階に物干し台が広く確保された建築が多かった。物干し台で近隣の異性を見初めるというロマンスはあながち無いことではなかったのである。

——立てば芍薬、坐ればぼたん、歩む姿は百合の花！

日本美人の象徴句の中でも、人口に膾炙されてゐる有名なものだが、さて、彼女の姿はどうだつたらう……？

——曲つた脚に、太かいお尻、歩む姿は家鴨《あひる》さん！

家鴨がいけなければ豚……。

しかし、彼女は健康だつた。

——お前がゐるので、米が以前の二倍要る……。

とさう奥様を嘆かせる……。

その代り、非常の場合役に立つ……。

嘗て、小火を出した時など、この下女のお竹がゐたればこそ、大事に至らず、消しとめた。

といふのは、彼女はその偉大な體力から發散する百パーセントのエネルギーを傾けて、蒲團を押入からひき出すや否や、丸で小旗を打ち振るやうに振り廻し、折角燃え始めた火をたゝき消してしまつたのだつた。

また或時は强盜を酷い目にあはせて、表につき出したこともあつた。

——世が世なら、あたしなんぞ、人見絹枝さんの向ふを張つて、オリンピックの人氣選手に

人見絹枝……人見絹枝（一九〇七～三一）はオリンピックで日本人女性初のメダリストとなった陸上選手。一九二八年のアムステルダムオリンピックで八百メートル決勝に出場し、リナ・ラトケ（ドイツ）に次ぐ二着で銀メダルを獲得した。

なれたんだけど……。

さう嘆息することもある……。

——お前何貫あるネ？

——二十八貫ございます。お尻の圍りが三尺八寸、股の圍りが二尺六寸、足袋は十二文をはきますわ

——まア！あたしの約二倍ネ。

——で、ございますから、亭主を二人位もたなくちや間尺にあはないかとも考へますのよ。

踊る娘　——六十景——

女中室がミシ〱ドシ〱音がするので、奥様が獵奇の眸を輝やかして、そつと、覗いその瞬間の光景は……？

お尻とお乳とを丸出しにして、前の方にハート形の紙片をブラ下げた女中の末子が妙な踊を踊つてゐる……。

——お前……そのザマは何だネ？

二十八貫……貫は尺貫法の単位で、一貫が三、七五キログラムに相当する。二十八貫で百五キロとなる。

——あら！奥様！これはレヴユーでございますのよ。來年はレヴユー園の女優になりたいと思ひますので、今から稽古をつけて居りますのよ。

——まア！レヴユー園の女優なんぞに……。

——女中よりも増しでございますわ。第一お洗濯なぞしなくても宜敷うございますもの。こんな工合にして、踊つてさえゐればお金になるなんて……すてきではございませんの？

彼女はまた踊り出すのだつた。

——……………。

——どうも、脚を高く上げるのが、一番むづかしうございますわ。

奥さまは呆れ顔で、たゞ眼をパチパチさせるばかりだつた。

——頭の高さにあげるまでにはまだ二三ケ月は練習しなくちや駄目ですわ。だつて、餘り上げすぎると、痛うございますもの。

彼女はまたもや、せつせと踊りはじめるのだつた。

人肉メニユウ――六十一景――

レヴュー團の女優……華やかな職業の最右翼がレヴューの女優といっても過言ではないだろう。しかしその実像は過酷な肉体労働と低い賃金で底辺の生活を送らざるを得なかった。浅草オペラ時代のスターで昭和初期にはエロ・レヴューで名を馳せた河合澄子は月収三百円といわれたが、一方で下積みのワンサ・ガールはひと纏めで一週間五十円程度を皆で分配したのである。カジノ・フォーリーなどではレヴュー女優が密かに春を鬻いだという。

カフェー・Tの女給千流子は、この殿御となら、深入りしてもいゝと見込をつけると、こつそり、秘藏の手帖を開いて見せる……。

何がそれには誌されてゐたか……?

▲接吻料金――一回――五十錢。

▲同　――二回――八十錢。

▲同　――三回――一圓。

▲同　――三回以上は一回を增す每に十錢增し……。

▲ショートタイム――三圓。

▲ロングタイム――五圓。

▲オールナイト――拾圓。

▲特殊技巧――一技每に一圓增し……。

と誌したメニユウなのだつた。

彼女は三千餘圓の特別當座預金通帳を持つてゐた。最初は嫁入り支度を稼ぐために、職業婦人になつたのだが、つい……つい……深入りしてしまつて、お嫁に行くには珠が壞れ過ぎ、支度料としては少し貯金が餘計になり過ぎたのだつた。

人肉メニユウ……猟奇的なタイトルは当時でいうところのグロ趣味で、あたかも牧逸馬の怪奇実話『ハノーヴァーの人肉売り事件』や『女肉を料理する男』を想起させるが、実はその内容はエロサービスの料金表というもの。ショートタイム＝三円、ロングタイム＝五円、オールナイト＝十円とは、システムも料金も遊廓並みの本気度である。

女郎を買ふ娘――六十二景――

カフエーＧの女給眉子は酔つぱらつて、銀座の街をのたうち廻ることが度々だつた。

――あたし……男買ひに行かうかしら……？

さう、ふと呟いてみたが、男を賣る店はちよつと心當りがなかつた。

――ちえッ！女郎で我慢しちやえ！

圓タクを呼びとめると、大威張りで、

――洲崎にやつとくれよ。これから女郎買に行くんだから……。

運轉手は眼を瞬つて驚いたけれども、お客さまの命令だから仕方がない。言はれるまゝに、洲崎のとある遊廓に車をつけたのだつた。

斯うして、彼女は女郎買をはじめた。

一週間に二度は必ず洲崎に行かずにはゐられなくなつた。そして、朝はすつかり蒼ざめて、血の氣を失つて、ヒヨロヽヽし乍ら、戻つてくるのだつた。

女だてらの女郎買ひ！一九三〇年型の娘！


洲崎……深川区弁天町（現江東区東陽）にかつてあった遊郭。東京駅から最も近い遊郭で、海に面しているという地の利もあって吉原に次いで人気のある歓楽境であった。組合規定の娼妓の玉代は一等＝四円、二等＝三円、三等＝二円と定められているが妓楼によって異なり、また全夜買い切りとなると二、三十円はかかったことだろう。

彼女が折角稼ぎためたチップは、みんな女郎屋に入れあげてしまふのだつた。

ミシン・ガール――六十二景――

彼女がいかに晝夜兼行……ミシンをガタガタ廻させたところで、三百圓の金は、一月や二月で、生み出せるものではなかつた。

とは言へ、彼女は必要に迫られてゐた。と言ふのは、彼女の戀人が……意氣地のない戀人が……實は決して戀する程の代物ではない男が……されど彼女が命がけで戀してゐる男が……F銀行の下級行員であるその男が……三百圓の穴をあけて、辨償を命ぜられ、四苦八苦して、彼女に泣きついてきたのだつた。

彼女は何とかして戀人の危急を救ひたいと思つた。何とかして……何とかして……何とか……何とか……。戀人といふものは、得て意氣地がなかつたり、ヘマをしでかしたりすればする程、可愛ゆくいとしくなつかしくなつてゆくものだつた。

戀人のために……世にも意氣地ない戀人のために……あたしは喜んで、龜戸とやらの私娼窟に身賣をしやうかしら……？あたしどうなつたつて關はないわ。どうなつたつて……。あの人

六十二景……六十三景の誤記。

が救はれさえすれば……。

彼女は最も親しくしてゐた友達に、龜戸行の決心を打ち明けたのだつた。

――まア！お羨しいわ。あたしも、一度は是非そんな強烈な戀をしてみたいと思ふわ。ほんとにお羨ましいわ。それはさうと、三百圓ぼつちのお金で、龜戸に行くのもつまんないことではなくて……？それよか、もつとうまい方法があつてよ。どう……？あんた刺繍がお出來になつて……？

――刺繍できますわ。

――ぢやネ。一枚お拵へになつたがいゝわ。あたしが三百圓に賣つてあげてよ。

――一枚で三百圓……？

――えゝさうよ。

――そんないゝ品が出來るかしら……？

――出來ますとも。だけど、バラの花なんかぢや、一枚一圓にも買手なんかありやしないわ。つまりネ。あんたがたつた一つしか持たないもの……それを出來るだけ細かに、眞に迫るやうに、刺繍で寫生すればいゝのよ。どう……？出來て……？

――一つしかもたないもの……？


亀戸行の決心……私娼になるということ。

刺繍……昭和初期の軟派や不良中年の間で、淫猥な図柄のハンカチや手拭いを持つことが流行した。一九三〇年九月には銀座の露店（表通りの東側に正睦会の夜店が立ち並んだ）で銀ブラ名物となっていたエロ手拭いが摘発されている。エロ刺繍細工一枚で三百円は法外な商売だが、本項はその流行の一端を表している。

――えゝ。さうよ。うぷッ！判らないの？

――判るわ。判つたわ。今晩寫生してみるわ。

彼女はその晩、一睡もせずに、たつた一つしか持たないものを泌々眺め乍ら、熱心に刺繍したのだつた。戀人を救ふために……。

ビラ・ガール――六十四景――

冴子は洋裝したいと思つた。そして洋裝をした。

冴子は斷髪したいと思つた。そして斷髪した。

冴子は銀ブラしたいと思つた。そして銀ブラした。

冴子は接吻してみたいと思つた。そして接吻《キッス》して貰つた。

冴子は××××××××××××××。

この冴子の行状に對して、父が抗議した。

――お前は何だつて、碌でもない毛唐の眞似なんかするんだい……？

――だつて……お父さまだつて、さうぢやなくて……？お洋服は……？お靴は……？電車は

ビラ・ガール……架空のガールである。ここで綴られているのは、冴子の刹那的な生活である。自分がしたいと思うことをすぐに実行に移す。その後先考えない即物的な生き方はモダンガールの典型であった。街頭のビラ配りも冴子にとっては親孝行でもおコーヒーのためでもなく、自分の欲求に従ったに過ぎないのである。

自動車は……？汽車は……？ラヂオは……？どう……？

――揚足をとるな。そんなのはいゝんだ。たゞお前が黒髪を斷ちきつて、腕を丸出しまではいゝが、お乳をふくらませ、兩股を出して、外を歩くのが堪らないんだ。丸ではだかみたいぢやないか……？

――だからいゝと思ふわ。第一經濟ですし、日光浴はできるし、殿方は喜ぶし、あたしだつて、歩きよくていゝわ。

――お前はいよ〳〵不良になつたネ。

――いゝえ。あたしは孝行娘なの。これからビラ・ガールになつて、お父さまの貧乏世帶の補助をしたいと思つてんのよ。

――補助なんかして異れなくてもいい。

――ぢや、稼いだ金で、おコーヒーでも呑むことにするわ。

その翌日、牙子は三越前の街頭に立つて、往來の人々に、美しい肉體をみせびらかし乍ら、ビラを撒くのだつた。

有閑・ガール――六十五景――

園子はいつも退屈だつた。帝劇も歌舞伎も三越もダンスも銀ブラも飽いてしまつてゐた。

――何か變つたことはないかしら……？

さうしたときは、いつかお友達への相談と變つてゐた。

――ネ！何か風變りな遊び……お氣づきはなくて……？

――ホヽヽウフヽ！あんた……閑でお困りなの……？

――えゝ。

――教へてあげるわ。あたしだつて、閑で困つたことがあるんですもの。閑も辛いものネ。判るわ。あんたのお氣持……！それはそうと、あたしはどうして忙しくなつたかといふに……？斯うなのよ。平凡だけど、効果は百パーセントよ。それはネ。戀をするの……それも一つ位ぢや駄目、二つも三つも、次から次へ退屈しないやうに、カレンダーをめくるやうに、新らしく、戀をして行けばいゝのよ。いろんな男が泣いたり笑つたり、歡んだり悶えたり、有頂天になつたり失望したりする姿が映畫のやうに展望できるわ。なか〳〵興味深いものよ。

―― 87 ――

帝劇……帝国劇場。一九一一（明治四十四）年に開場し、歌劇・バレエや歌舞伎などを上演した。「今日は帝劇、明日は三越」というキャッチコピーは流行語にもなった。

歌舞伎……現在と同様、銀座の木挽町に歌舞伎座があった。

ダンス……昭和初期から東京市内にはユニオン（日本橋人形町）、国華舞踏場（新宿）、九段舞踏場（千代田区九段下）などのダンスホールがぽつぽつと出現したが、その中で最も有名かつ象徴的存在は赤坂溜池の「フロリダ」（一九二九年開場）であった。フロリダは菊池寛の新聞連載小説『勝敗』にも登場するなど時代のトレンドであり、フロリダへ踊りに行くことを「フロに行く」とも称した。銀座に「銀座ホール」ができたのは一九三二年のことである。

百パーセント……百パーセントも一九三〇年から流行し定着した言葉。「百パーセントの愛」「百パーセント・モガ」のように用いた。この言葉もご多分に漏れず短縮化され、「エロ百」「暑さ百パー」などという派生形を生んだ。

――さう……？よさゝうね。やつてみるわ。

この有閑・ガール達も亦、世の有閑夫人達に似て、戀を遊戯し、興味化し、退屈の凌ぎにしやとするのだつた。

ガソリン・ガール――六十六景――

倉子は貧しい家計を扶けるために、ガソリンの賣子になつた。そして、給料の全部を父母に捧げる孝行娘だつた。

彼女はトテシヤンではなかつたが何故か賣上成績が最も優秀だつた。いや破天荒だつた。しかも、場所が特にいゝといふ譯でもなかつたのに……。

經營主は小首を傾げた。何が彼女の賣上を優秀にするのかしら……。

秘かに内偵した結果は……？

倉子の賣り方が極めて巧妙なことが判明した。一度買ひに來た自動車は遠廻をしてもわざ〳〵買ひに來るのだつた。それは……？

倉子は百パーセントのエロを萬遍なく景品として客に與へてゐるのだつた。

ガソリン・ガール……『エロ・エロ東京娘百景』にはずいぶんいい加減な◯◯ガールが載っているが、ガソリン・ガールは実在する。昭和初期、都会の各地にガソリン・スタンドが設けられ、『朝は八時から夕方六時まで、そのガソリン・スタンドの横の小さな家に一人で勤めてゐるので、色々と面白いローマンスが生れて来る。』（モダン用語辞典）という。一九三二（昭和七）年三月新譜のビクター流行歌『尖端ガール』（大和烈＝作詞、足利龍之介＝作曲、四家文子＝唄）にも〽私ゃ街頭のガソリン・ガール／亭主ある身もガールとなって／えくぼ作ってバットも添えて／ガロンメータもイットで量るの　と歌い込まれている。

成程！と舌を巻いた經營主は、直ちに全ガソリン・ガールを呼び集めて、エロ販賣教育を施すことにしたのだつた。

金春湯の娘——六十七景——

毎晩毎晩、裸像の世界の種々相を眺めて暮す番臺の娘百合子の感情は……？

どんな強い刺戟でも、四六時中うけて居ればそれはもう刺戟ではなくなつてくる……。どんなに秘められて珍らしいものでも、暴露してしまへば、もはやそれは少しも珍らしいものではない……。

男湯を眺めて、いろ／＼の風景を味はひ乍らも、さして、彼女の感情はゆがみはしないのだつた。

女湯を眺めて、男湯と對照したとき、たゞくすりと笑ふことはあつても、特に刺戟されるやうなことはなかつた。

彼女の感情は男女の裸像で洗練されてゐた。それは娘として圓滿なものだつた。そして青年男女の失策は大抵秘め隠し、互に知らせぬやうにすることが原因だといふことを立派に彼女が

金春湯……一八六三（文久三）年創業の銀座・金春湯という設定だろうか。

證明して呉れるのだつた。

派出婦行狀記――六十八景――

――何が危險つたつて、派出婦の貞操位危險なものはありませんわ。そして、何が怪しいといつたつて、派出婦の貞操ほど怪しいものはありませんわ。あたしなんかとつても固いつもりでゐたんですけど…………。

――とう〳〵赤ちやんが出來ちやいましたの。月足らずで、沒くなりましたけど……。

秀子は沁々した口調で語るのだつた。

――それは斯うなんですわ。奧樣が近く出產なさるんださうで、あたくしが家政婦に雇はれましたの。F銀行員の旦那樣の誘惑がすぐ始まつたのです。でも、あたしは遠慮なくはねつけてやりました。

――ところが……ところが……ある晩のこと、風邪氣味のあたくしに熱藥とかを下さつたのです。あたしはそれを服んで、少し早くから寢んだんですわ。眼が醒めたのは翌朝でした。よく眠つたのです。

派出婦……派出婦には看護婦と家政婦があるが、ここでは家政婦を指す。一般家庭からの依頼に応じて○○婦人会、○○派出会などの職業紹介所に属する派出婦を派遣し、家事を行なう。夫人の出産などに際して派遣されることが多かったが、派出先で性的なトラブルに見舞われたり、また売春組織が派出婦会を装ったりして摘発される事件が後を絶たなかった。

――ところが……ところがです。どうも身體が變な氣持でした。それでも、熱のせい位に考へて、終日ブラ〳〵してゐました。そして、晩はまた昨夕と同じやうな熱藥を戴いて早目に寢んだのでした。

――その翌晩のことですの。また例の藥を戴きましたのですけど、身體が大分恢復してゐましたから、つい呑むのを忘れちやつたんです。眞夜中頃、目を醒すと、旦那樣があたくしの室に來て、……………………………………。

――あたくしはまんまと一杯喰つてたのでした。あの藥は熱藥ではなく眠り藥だつたのです。昨夜も一昨夜も、正體もなく眠りこけて、旦那樣の玩具になつてゐたことを氣づきました。

――いくら固くしてゐても、派出婦なんてものは……。

秀子はさう言つて、淋しく微笑むのだつた。

青バス・ガール――六十九景――

ハイスピードで地上を飛び歩く青バス・ガール！彼女の戀愛行進曲も定めし急速調《アレブロ》であらうと思はれる……。

青バス……東京市内を走るバスには東京乗合自動車の運行する通称「青バス」と市営バスの二種類があった。青バスには十六〜十八歳（定年は二十五歳）で緑色のワンピースに白襟という制服のバス・ガールが乗り組み、青バス人気の一要素であった。市バスにもバス・ガールは乗り組んでいたが青バスより年齢層がやや高く、既婚者が多かったのである。青バス・ガールは乗客に見染められ結婚に至ることも少なくはなかったので、本項のような猟色ガールの実在性はいささか眉唾ものだ。

彼女の愛人發見法は……？

自動車《バス》が搖れる毎に、彼女のふくよかな脚をめざす男の膝に、ぶちつける……そして、男の表情をすばやく讀む……長い幾回もの經驗を經た彼女には、その折の男の胸の中を手にとるやうに見透すことが出來る……。魚心があるか、水心があるかを……。

魚心水心ありと見極めると、切符を一枚餘計に、その客に與へる……その切符の裏には、

――今晩八時日比谷の池で……。

と、鉛筆で誌されてゐる……。もちろん、豫め用意して置いたもの……。

彼女の愛人は一年四百六十八名もあつた。休みの日の翌日などは、二人の男に、時間と場所の異なる切符のラブレターを送つたから……。

ダンサー・亂行記――七十景――

巷には男の求愛が混線してゐた。男達は女の顏や胸や腹や腰や脚などから、美を盜んで遠慮なく味ひ步いてゐた。オスカーワイルドを憧憬れる靑年達が、近代感覺を追求してゐた。

萬里子と潤子と――姉妹のダンサーだつた。

ダンサー……戦前のダンスホールはダンサーにチケットを渡して一曲踊るチケット・ダンス制であった。ダンスホールは厳しい規定を設けてダンサーを雇用していたし、内偵する私服警官も暗躍していたから、本項のようなダンサーはたちまち検挙される定めにあった。

この頃、ホテルは危險だつたので、この姉妹は郊外に一軒を借りて、愛人を迎へ入れることにしてゐた。

姉の萬里子は此頃飢えてゐた。妹の潤子はいつも飽いてゐた。

姉よりも妹の方が優勢だつた。熟し過ぎた果物よりも、未熟の果物の方に、より多くの高い香氣があるやうに。

姉は一人寢る夜が多く續いた。

――姉さん！御免なさいネ。

隣の室で、妹が愛人を相手に、一夜中眠らうとしない夜などは、姉も決して眠らうとはしなかつた。妹は一夜中、微笑みつゞけてゐたが、姉はベソをかいてゐた。

廻轉する女給――七十一景――

浦子は蒲田の撮影所の板塀の側で、一升餘りも涙を流してから、女優志願を諦め、銀座に出てカフェー・アレグロの女給になつた。

古顔の女給にはそれ〴〵パトロンがついてゐた。そして、金廻りがよく、美しい着物を着て、

ホテルは危険……ホテルに宿泊している際、学生狩りや売春取り締まりなどでしばしば警官の臨検を受けることがあった。

女優志願を諦め……都会のカフェー・バーには実際に女優くずれを女給として置くカフェーもあり、それを看板にしたりもした。また、名だたる女優や芸能人は自ら銀座でバーやカフェーを経営していた。丹稲子の「丹頂」、糸琴路（大都映画）の「琴路」、瀧田静枝の「静枝」、花柳はるみの「サンチャゴ」、渡瀬淳子の「ジュンバー」、水谷八重子の「メーゾン八重子」、岡田嘉子の「シルダー」、淡谷のり子の「カルドウ」など。

女王のやうに振舞ふのだつた。

これに反して、浦子は新參の哀しさには、みすぼらしい服裝をして、いつも客から嘲られ、金廻りも惡かつた。

――浦ちやん！あんたまだパトロンみつけ出さないの？だから、貧相なのよ。

それは、古顏女給の嘲りだつた。

浦子は周圍の事情から小突き廻されて、到々斷崖から突き落される自分を感じた。

六ケ月後、もう浦子はこのカフエー・アレグロの女王の一人に仲間入りしてゐた。そして、新參女給の貧相な生活を嘲る立場になつてゐた。

嘲られた身が、六ケ月の修業で、嘲る身へ……。それは地球の廻轉に伴奏して、廻轉する女給行進曲なのだつた。

モデル・ガール――七十二景――

麻子はモデルとして、特に優れた肉體を持つてゐた。洋畫壇の大家達が辭を低うして、招聘する位に、人氣を賣り出してゐた。

モデル……画家のモデルを斡旋する職業は明治中頃に開業した「宮崎モデル紹介所」が日本に於ける濫觴である。モデル志望者はモデル市というオーディションで画家に選ばれ、上野の東京美術学校や画家に派遣された。モデル料は三時間で五円～十円とたいへん割の良い仕事であった。歌手の淡谷のり子もモデルをしながら東洋音楽学校で学んだことが知られている。本項のような事件は画家とモデルの間で頻々と起こったので、あながち誇張ともいえない。

O子爵令息のアトリエに通ひ始めてから、彼女の魂は地獄に顛落した。といふのは、僞はつて呑まされた催淫劑のために、彼女の處女性が失はれたからだつた。

麻子は畫壇の大家達を盛んに誘惑するやうになつた。

毒蛾！この青い毒蛾は畫壇に旋風を捲き起さうとした。しかし、その以前に、彼女の美しかつた肉體が萎み衰へたのだつた。そして、遂に場末のカフエーに現在の自分を見出さねばならなくなつたのだつた。

貞操を捨てた・ガール——七十三景——

カフエー・黄舌では女給室の壁に、奇妙な採點表が貼りつけられてゐた。

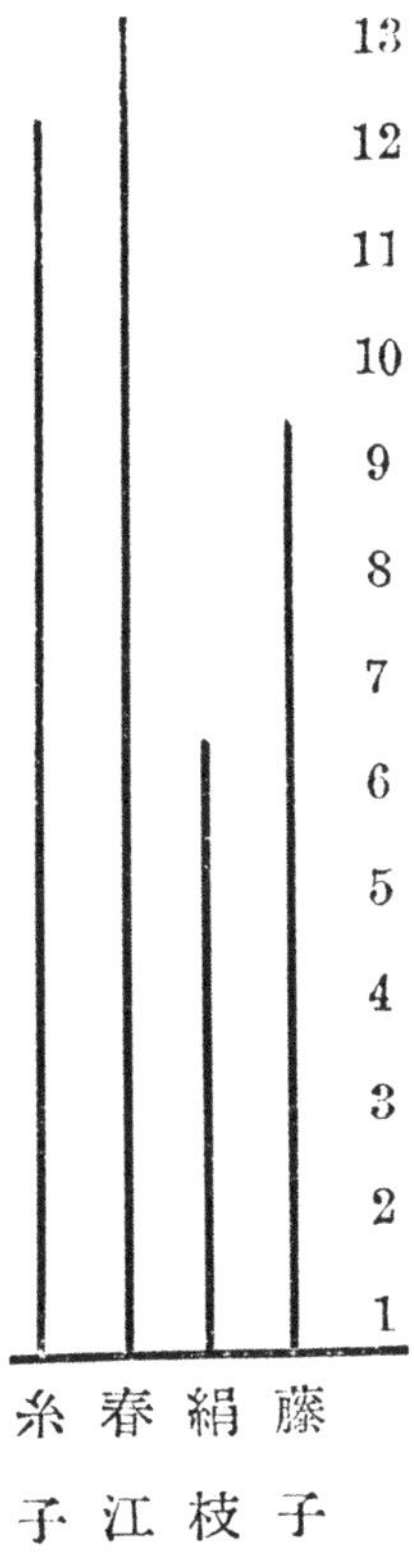

貞操を捨てた・ガール……「捨てたがる」に「ガール」を掛けたタイトルである。

その月の五日の現在は春江が最高の13點で、糸子が二番の十二點だつた。この點數は貞操を捨てた回數を意味するもので、甚だ芳ばしからぬ得點ではあつたが、彼女たちは血眼になつて、月末の覇を爭ふのだつた。

北極が死を以て貞操を守る國であるとしたなら、この黄舌は懸命に貞操を捨てることに努力する南極であつた。

モダン・ラヴ――七十四景――

彼女は後悔することを知らなかつた。過去幾度か變愛したことも、現在の彼女は忘れてしまつてゐた。幾度汚されたかといふことも忘れてゐた。いつも、新鮮な果物のやうな自分ばかりを見出さうとしてゐた。

モダン・ラヴ……各種モダン語辞典にこの言葉は掲載されていないが、しばしば「積極的な恋愛」の意味で用いられた。『〳〵モダン・ウルトラ、モダン・ラヴ　テンポの早いがお好みよ』（スケッチ「カジノ・フォーリー見物（新興浮気派）」カジノ・フォーリー・レヴュー団／ポリドール　一九三〇年十一月新譜）や、西條八十の『頭髪ウェーヴで貰うた嫁よ、浪も立つだろ、揉めるだろ』（「モダーン・ラヴ」婦人画報　一九二八年九月号）という用例がある。デヴィッド・ボウイの『モダン・ラヴ』（一九八三年）が世に出る五十年以上前に日本で使われていたことになる。

――Ｓ課の深山さんが好きんなつちやつたのよ。

彼女は隣席のタイピストに、さう話しかけるのだつた。

――駄目よ。あの人は……。奥さんがおあんなさるんですもの。

――でも、仕方ないわ。とにかく、あたし……深山さん好きなんだもの。

――遠慮なさいよ。

――いや。あたし……とにかく、深山さんが好きなの。

彼女はその夕、深山に直接交渉を開始するのだつた。

――あたしネ。好きなの。あなたが……。それつきりよ。他に何も言つたり、考へたりすることなぞ要らないわネ。

コーラス・ガール――七十五景――

絅子は浅草Ｋレヴュー團のコーラス・ガールだつた。もちろん、處女ではなかつた。しかし、彼女は嘗て一回だつて賣つたことはなかつた。

强ひられて貞操を破つたり、金に換算して賣つたりすることは、この上もない屈辱と心得て

浅草Ｋレヴュー団……カジノ・フォーリーや金龍館レヴューが該当するが、特定のモデルはないだろう。カジノ・フォーリーは一九二九（昭和四）年七月十日、浅草の水族館二階に開場したものの客がつかず二ヵ月後の九月十日に閉館。同年十月二十六日に開場した第二次カジノ・フォーリーがエロ・レヴューとして人気を博した。エノケンが一躍人気者となったことで知られる。金龍館レヴューは木村時子や町田金嶺、藤村梧朗など浅草オペラのオールドタイマーが出演し、円熟の芸でファンを集めていた。

ゐた。

――あたしは人から愛されることは嫌ひなの。人を愛することは好きなの。

彼女はいつも能働的だつた。受働的な戀を受け入れたことはなかつた。從つて、彼女は女王の位置を保持することが出來た。愛せられんがために群り寄せる男達の中から、彼女の氣に入つたもの丈を愛して行くのだつた。

他のコーラス・ガール達は彼女のこの態度に酷く感心するのだつた。

秘密箱をもつ娘――七十六景――

Sキネマ女優の道子は一つの秘密箱を持つてゐた。誰にも見せないもの。父にも、母にも、妹にも……。

或る日、彼女は遂に、この秘密箱の鍵を机の上に置き忘れて出勤してしまつた。そして秘密箱の秘密は、母の手で暴露されたのだつた。

箱の中には……？何があつたか……？

――××スキン――××ピン――××スポイド――××サーナー――××寫眞――××殺菌

××スキン……衛生スキンか。

××ピン……避妊ピンか。あるいはトッカピン（強壮剤）などの媚薬かもしれない。なお避妊ピンは一九三〇年十二月二十七日、有害避妊器具取締規則の公布によって宣伝・販売が規制された。

××スポイド……変形スポイド。

××サーナー……シクロサーナー。感覚を鋭敏にする塗布薬。コンドームの内外に塗布する。

××写真……エロ写真であろう。

××殺菌剤……膣内殺菌剤。淋病予防の錠剤やクリームはさまざまな種類のものが市販されていた。

剃等々々々。

結婚條件――七十七景――

ウエーヴのボツヴ――彼女は近代の美貌を完全に發散するのだつた――形態に於ても、色調に於ても、音響、匂ひ等に於ても……。

求婚求愛が海嘯のやうに押し寄せる愛の海原を拔手をきつて泳ぐ彼女だつた。そして、凡ての男が辟易させられるのだつた。

――あんたは、あたしのために、接吻と抱擁と××とを、申し出た際、いつでも與へ得る健康を持つてらして……？少くとも、自信がおありになつて……？（條件1）

――戀愛と結婚と別に考へるだけの理性をお持ちになつて……？二つの定義をきかして戴きたいわ（條件2）

――愛がさめたとき。いつでも戀愛契約解除が出來て……？（條件3）

――原書の十册位はお讀みになつたことがあつて……？（條件4）

しかし、この條件は彼女自身が打ち捨てなければならなかつた。それはどう押えることも出

ウエーヴのボツヴ……ボブカットの髪型をボッブと表示することは多々あった。ルイズ・ブルックスのダッチ・シングル、コンスタンス・タルマッヂのボッブカールなど様々なスタイルがあった。本項の「ウェーヴのボッブ」はマルセル・ウェーヴをかけたボブである。

來ない意の仕業だつた。

彼女の愛はみすぼらしい年下の給仕に注がれたのだつたから……。

夕刊・ガール——七十八景——

夕刊を賣つて得た利益で、戀人と紅茶をのむ彼女だつた。

——朝日を一枚くれ給へ。

彼女は媚笑で、客を迎へる。客の指に自分の指をふれさせることを忘れない。

彼女はぴつたりした服を着てゐて、胸の曲線を充分効果的に表現する……その他等々々。

夕刊を賣るために、彼女は媚態のサービスをする……これが彼女に夕刊賣子として、異狀の好成績をあげさせた理由だつた。

——年子さん！秘訣敎へて下さらない？

——あげるわ。あんたのスカートは少々長すぎてよ。それから斷髮にした方がいゝわ。それから……………。

年子に敎へられた光子は間もなく、異狀の賣上を示すやうになつたのだつた。

夕刊……東京・大阪朝日新聞、東京日日新聞など主要紙は、朝刊が一部五銭、夕刊は一部二銭であった。恋人と紅茶を楽しむ年子は夕刊以外のなにかを売っていたことを暗示する。

テケツ・ガール——七十九景——

活動常設シネマ・モンパリの女給賤子は辯士Ｋと最近破綻してゐた。しかし、彼女はヴァヰオリニストのＫと新らしい戀愛をはじめてゐたから、少しも淋しくはなかつた。

たゞ一つ彼女が物足りなく思つたのはＫの體力がはなはだ虚弱であること。賤子の胸の素晴らしい曲線を抱くには、Ｋの兩腕は餘りに骨ばつてゐた。彼女の彈力性の身體はいつも魚のやうに跳ね返つてゐたから、Ｋの貧弱な體力では押えきれさうにもなかつた。間もなく彼女は入場客のＧと新らしい戀愛をはじめてしまつた。Ｋは極度に憤慨して、賤子にメスをつきつけた。

——殺すぞッ！

——ふゝん！あんたに人間を殺すだけの勇氣があつたの？見ものだわ。さア殺してごらん。殺せたら、また愛してあげるわ。

——？？？？？？？？

一週間後、彼女はＭ大學生との新らしい戀に耽つてゐた。貞操放浪者だつた。

テケツ……チケット。テケツ・ガールは切符の売り子である

弁士……サイレント映画時代は活動弁士が声色を用いて映画説明を加えた。映画館の花形であったから女性の人気の的でもあった。ヴァイオリニストのＫは映画館の楽団の楽士である。映画館にはフィルムに音楽をつけるための楽団が備えてあり、情景外音楽（ＢＧＭ）を演奏した。洋画の場合は簡易な編成のオーケストラで、邦画の特に時代劇は三味線や尺八、胡弓などを加えた和洋合奏の編成を用いた。

アパート・ガール—八十景

どうせアパート住居をしやうといふ女だ。戀愛の三つや四つの古瘡は持つてる筈……。表面私室會見禁止の掟はあつたにしても、こつそりやつてくる分には、逢引にだつて不自由はないのだつた。

アパートは繁昌する……何しろピチンと鍵をかけることが出來たから……。

カフエー・ZIGZAGの女給紙子は、このアパートから通勤してゐた。

彼女は三つになる男の兒をもつてゐたが、ミルクやパンなどを室の中に置いて、その子をひとり殘して、ピチンと鍵をかけ。

——母ちやんは行つてくるよ。おとなしく遊んでるのよ。

夜遲く醉つ拂つて歸つてくる彼女を扉の內側で迎へるのは、この三歳の兒だつた。近頃はかうした生活に、二人とも馴れてゐた。

——おゝいゝ兒！いゝ兒！だけど、お前の父ちやんが誰だか、あたいには見當がつかないのよ。

アパート……都市部では戦前にアパートやマンションが建てられ、モダン生活が営まれていた。一九三六（昭和十一）年に東京府社会課が出した『アパートメント・ハウスに関する調査』によれば、東京市内には鉄筋コンクリート造一五九棟（うち八十六棟が同潤会アパート）、木造一〇三七棟、その他三棟のアパートがあった。その分布は東京の西南、淀橋区・中野区・杉並区に多かったという。本項に登場するアパートは、私室会見禁止と述べられていることから、独身女子向けの「大塚女子アパート」（一九三〇年完成）ではないだろうか。

エログロ・ガール──八十一景──

輝子はＭ高等女學校の三年生だつた。

彼女の好物は……？

スポーツ──キネマ──紅茶──密豆──サンドウヰツチ──チヨコレート──ランデブウ──等々々々々。

就中、ランデブウがいちばん好きだつた。何となれば、相手の男が奢つてくれるから……。

無料入場──無料ドライヴ──無錢飲食──無料々々々々、負擔は常に男が支拂ふのだつたから……。おまけに、キツスまでもして貰へるし(但しまだ性的交渉はなかつた)……

さて、これ丈なら平凡な話だが、彼女に限る非凡な癖が二つあつた。

その一つはランデブウ毎にズロース一枚をねだること。

──あのネ。

──忘れてきたのよ。

──何をです……？

エロ……エロティック、エロチシズムの短縮形。一九二九年秋に新聞紙上の見出しに現われ、一九三〇年から大々的に流行してモダン語として定着した。

グロ……一九三〇年、エロに追随するかたちでグロテスクの短縮形としてグロが生み出された。現代のグロとはやや定義が異なり、社会一般の規律から外れた感覚をもグロとして扱っている。

――ズロースを……。

――そいつア亂暴だ。子供ぢやあるまいし。

――買つて來て頂戴な……。

他の一つは共同便所に這入りたがること。

――あのネ。

――何です……？

――したいのよ。

――何をです……？

――おしツこ……。

……いやどうも……していらつしやい。

……してくるわ。暇とれても待つてゝネ。

イツト・ガール――八十二景――

有閑令孃富美子の武器はイツトを發散させることだつた。女性が男性を征服するにはこのイ

イット……エリナー・グリーンの小説『イット（あれ）』（一九二七）によって流行した新語で、女性の色気を示す言葉。「イットがある」などと使う。日本へも一九二七（昭和二）年に伝わったがその時は流行らず、一九三〇年八月に松本恵子によって翻訳本が出版されるのと同時に日本でも流行をみた。

ツト以外適當の武器がないことをよく彼女は知つてゐた。

で……それはかるたの勝負を決する場合、形勢不利と見るや、直ちに、彼女は膝をくづす……白い股《もゝ》がチラリ……チラリ……それでも奏効しないときは、胸をなまめましくはだける……と、胸のふくらみが悩ましく揺れる……これが即ちイットを利用して、男の戰闘力を散漫にする秘法だつた。

トランプの場合、マーヂャンの場合、凡て然り、但し、洋裝で椅子に腰かけてゐる場合は指や足で男の肢體を輕く突つついてみたり、媚笑を浮べて睨んでみたり、胸のボタンをはづしてみたり……等々々。

かくして、彼女はゲームの常勝軍だつた。

サイレン・ガール――八十三景――

晝のサイレンが鳴り響くと、丸の内一帶の地には、サラリーマンが汎濫する――重役――課長――靑年社員――事務員――タイピスト――等々々。

この晝休みの小一時間を利用するサイレン・ラブの幾組かは、いそ〳〵として、銀座裏の方へ

サイレン・ラブ……丸の内に端を発した最新式の恋愛。正午のサイレンから一時間の休憩時間に束の間のデートを楽しむのである。

銀座裏……銀座通りから奥まった数寄屋橋方面には上流夫人や身元のしっかりした女性を専門とした待合があり、軟派の間では有名であったという。また銀座裏の蕎麦屋やおでん屋の二階には密会用の二、三畳間を用意した店も点在していたという。

歩を運ぶ……そこにはランデブウに恰好の××家や△△屋などの二階三階の密室が待ち構へてゐる……。

Ｗ會社の百合枝はサイレン・ラブを始めてからもの三年になる。相手の男は數百名を算し、彼女の貯金帳は數千圓に昇つてゐる。

——あたしネ。サイレン・ガールの方が本職なのよ。Ｗ會社の方は副業だわ。

それは百合枝の本音だつた。

平忠度嬢——八十四景——

丸の內Ｋ會社の計算係Ｒ子は凡ゆる意味で負け嫌ひだつた。男なんぞに負けて堪るもんぢやないわよと、口癖に呟くだけあつて、ペンを握らせても、算盤をはぢかせても、遙かに男社員を凌駕する……從つて給料の點でも決して負けはしなかつた。

彼女はよく金を出して男を買つた。

——うふッ！どんなもんだい……？

彼女は莨を喫ひ、カフエーに出入した。時折は脫線し過ぎて文無しになることもあつた。

平忠度……平忠度（たいらのただのり）は、その読みから無賃乗車を指す。またの名を薩摩守忠度ということから、鉄道では現在でも無賃乗車を薩摩守と呼ぶ。

——ウーヰ……いゝ氣持だこと！

やがて、圓タクに乘る……。

——三田までやつて頂戴な。

——は……畏りました。

——畏らんでもいゝのよ。何だか好き風な運轉手さんネ。

——ひやかしちやいけません。

——ほんとよ。あんたならキッスしてあげてもいゝことよ。運轉は助手さんに委せて、こつちにいらつしやいよ。

——御冗談でございませう。

とか何とか盛んに喋りつゞけて、自動車を三田で降りると、つか〳〵と運轉手の側に歩み寄り、極めてすばやく酒臭い唇でチユウッ！

——あのもし〳〵料金を……。

追ひ縋る助手の唇へもチユウッ！

——脫線しすぎて文無しよ。だから、キッスをしてあげたのよ。

——でも。

――野暮言ふもんぢやないことよ。

面喰らつてゐる運轉手と助手とを尻眼にかけて、さつさと、横丁の路次へ……。

エロ苦學嬢――八十五景――

日曜日。

Y高女生閑子――水兵服の彼女ではあつたが、肉體は健やかに成熟しきつてゐた。

ノートには次のやうな表が誌されてゐた。

二時――牛込のBさん訪問のこと。
三時――新宿のGさん訪問のこと。
四時――青山のHさん訪問のこと。
六時――小石川のSさん（オールナイト）
　合計――三十圓。

彼女は二時から六時まで、自動車を借り切りBGHSの四人の戀人を訪問するのだつた。その訪問料金三十圓也は彼女の學費として收入される……一週に一日のいとも快き勞働報酬とし

いとも快き労働報酬……援助交際である。一時間ずつ三人の男と遊び、午後六時からオールナイトという稼ぎ方はもはや派遣型風俗並みだが、セーラー服で外泊したらさすがに親や警官に見咎められるのではないだろうか。

て……。

オールド・ミス――八十六景――

雪枝は小學校の女教師として、かなりの古顔になつてゐた。

――みなさん！お行儀をよくしなければなりません。エヘン！乃木大將は…………エヘン……ナイチンゲールは…………エヘン！ワシントンは…………等々。エヘン！エヘン！

彼女の講義はよく兒童を感奮興起させるに充分だつた。

その夜、彼女は間借の二階の一室で、あられもなく腰卷一つになつてゐた。彼女の頭にはどこをたゝいても、乃木大將はゐなかつた。ナイチンゲールもワシントンも姿を消してゐた。たゞあるものは、惱ましい情炎ばかり……。やがて、彼女は押入から小形の箱をとり出して胸を轟かした。

その箱の中の異樣な品物は……？實に彼女の唯一の愛の對照物なのであつた。

愛の対照物……聖職者がアダルトグッズを用いているのが本項の注目点である。

イレズミ・ガール——八十七景——

何かしら風變りなことをしてみたい彼女だつた。斷髮もした。耳輪もやつてみた。いろいろのことをしてみた揚句、ふと思ひ浮べた名案といふのは……？イレズミ——刺靑。

みどり子は女だてらに、脊中一杯大輪の緋牡丹を彫りつけ、右腕には下り龍と上り龍、左腕には「一切合切御意見御無用」とやつてのけたのだつた。

それからまた、耳たぶにハート形を紅白粉で浮彫して、晝は帽子の緣で蔽ひかくし、夜になるとひけらかして得意の微笑を浮べるのだつた。

——これでいゝわ。すつかり準備できたわ。

さう呟いて彼女は家出した。そしておちついた先といふのは……？横濱本牧のKホテル……

アンチ・ステツキ嬢——八十八景——

フラッパーを自負してゐるゼム子は、ひとりの歩きやひとりの散步を極度に嫌惡してゐた。

イレズミ……一九二八年、大阪で若い女性の間に蜥蜴や蛇、髑髏などグロテスクなイレズミを彫ることが流行した。そのイレズミ流行を受けた項目である。また、一九三二（昭和七）年には油絵の具で蜥蜴や蛇などのグロ模様を描くのが海水浴場で流行した。

Kホテル……本牧で一番の人気を誇ったキヨホテルを指す。

フラッパー……モダンガールの異名。特に恋愛に積極的な娘を指す。

誰かしら……男と二人伴れで歩かなければ氣がすまない……それも、男に伴れられて歩くのでなく、男を伴れて歩きたいのだつた。

男がステツキ代りに女を伴れて歩くのなら妾はハンド・バツク代りに男を伴れて歩くことにするわ……とばかりに、彼女はいつでも散歩の折は男友達を呼び寄せて、ハンド・バツクを持たせて歩いた。

喫茶店にはいつても彼女が支拂をすまし、接吻をする場合も彼女からしかけるのだつた。

——あたしネ。將來男を貰つて家を構へるのよ。そして、あたしが外へ出て働いて、男に御飯を焚かせるつもりだわ。

——へえ……子供は誰が產むんですネ？

——なるたけ男に產ませたいんだけど……。

娘・外交員——八十九景——

滿里子はT生命保險株式會社の外交員だつた。その成績は拔群……彼女がこの人……と睨んだか最後、必ず加入せしめずにはおかないといふ非凡の腕前を持つてゐた。

ハンド・バック……ステッキ・ガールの対義語としてハンドバック・ボーイがあった。女性の相手をして銀ブラや買い物、音楽会に同伴する男のこと。

その非凡な勧誘方法といふのは……？

——いかゞでございませう？銀座裏の××家の三階で、ゆつくり夕御食でも食べ乍ら、御相談したいと存じますが……。

媚笑を満面に浮べて、エロ突撃を試みる。

この突撃に合つて陥落しない男は嘗て一人もなかつたのだつた。

——男なんて脆いもんよ。三軍を叱咤する將軍でも、財界を揺り動かす古狸でも、あたしのエロにかゝつちや、丸つきり骨抜きなんですもの。うぷッ！

喫茶・ガール——九十景——

踏繪子はまだ愛くるしい少女だつた。しかし、客をひきつける魅力を持つてゐる點では大カフエーの女王だつて三舍を避けるに違ひない……ことほど、左樣に彼女は人氣を一身に集めてゐた。

何が彼女の人氣をつくつたか……？それにはいとも奇しき理由があつた。

彼女は美爪術の名人だつた。コーヒー一杯の客にも、丹念な美爪術を施してやつた。それ丈

銀座裏の××家の三階……八十三景の銀座裏を参照。

美爪術……美爪術（マニキュア）は明治期に日本でも始められ、主として美容室で行なわれた。まだ専門性の高い技術ではあったが、喫茶店で男性が施術されるのは明らかに不自然であり、しかも施術中に空いた手で少女にイタズラするというのは極めて背徳的な状況だ。たとえ喫茶・ガールの自発的なサービスであったとしても露見すれば一発でアウトなのは、現代も戦前も変わらない。

でも、充分客を喜ばせ得たが、更に彼女はサムシングを數分間男の愛撫に委せることを厭はないのだつた。

客は驚喜した。この愛くるしい少女の秘密を思ふまゝに探り、柔かい觸感を貪るだけでもう有頂天になるのであつた。

シヨツプ・ガール——九十一景——

K商店のシヨツプ・ガール品子は八つのときこの店に賣られてきたのだつた。その價格僅かに二十圓也。

いま十六——毎日、店先で商品を賣るのが彼女の役目になつてゐた。

この頃では、商品ばかりでなく、貞操までも賣り始めた。

賣られてきた賣子がまた貞操を賣る……一生を賣ることに運命づけられた彼女であるらしかつた。

十四のとき、店主から春の目醒めを敎へられて以來、十六の今日まで、店主や番頭たちのために奉仕《サービス》してきたのだつた。しかし、それは內輪のことで一文にもならぬサービスに過ぎなか

ショップ・ガール……女性店員のこと。

つた。

――さうよ。御主人や番頭さんたち丈ぢやつまんないわ。お金にならないんですもの。賣らなくちや損だわ。

そんな風な考へから、彼女はお客を巧みに誘惑して、その夜の媾引をすることにした。もちろん、店主も番頭もそれを知つてゐたが賣つた金の半分を正直に提供するので、

――やれ〳〵盛んにやれ〳〵。

寧ろ奨勵する……店は繁昌する……彼女は貯金をする……といふ珍現象を呈したのだつた。

オークシヨン・ガール――九十二景――

銀座のNオークシヨンでは常に大見切をするので、客が一杯詰め寄せる……揉まれ乍ら働くオークシヨン・ガール小夜子はよくお尻を突かれたり、手を握られたりした。でも、彼女はそれを嫌がらなかつた。寧ろ一つの大きな享樂だつた。

男達の惡戯はいよ〳〵激しくなつていつた。と同時に、彼女の享樂感も層一層募つてゆくばかり……或る時など、群る男達の中に挾まれて、呻き聲をあげたこともあつた。とは言へ、彼

銀座のNオークション……銀座の新橋寄りに毎日午後五時に開場するオークション会場があり、ワイシャツやテーブルクロスなど雑貨の倒産処分品を安価で競売にかけていた。本項のオークション・ガールはサクラではなく売り子で、値の決まった品を客に売りさばく役割であった。落札品を売り渡すまで男たちの雑踏に揉まれたり痴漢されたりするのが、彼女にとっては享楽なのである。

女はそのために、決して後悔するやうなことは全然なかつた。

客足は殖える……店は繁昌する……彼女は享樂する……そこに人生のデリケートは妙味がなければならなかつた。

電話交換嬢――九十三景――

――あのネ……？

――何番……？何番……？

――あのネ……？

――早く仰つしやつて下さい。こちらは忙しいんですから……。

――丸の內のネ。十三萬六千三百六十三番
――御冗談なすつちや困ります。

――時に、物は相談てことがあるが、僕の戀人になつて吳れない……？

房子はこんな巫山戯た電話が時折かゝつてくるのには閉口してゐた。しかし、この頃では彼女も相槌を打つて巫山戯ることに興味を持ち始めた。


電話交換嬢……十六景を參照。

——何番……？何番……？

——バア！

——嫌アよ。揶揄つちや……。

——君……別嬪だろ！

——えゝ。さうよ。

——僕の戀人にならんか？

——えゝ。なるわ。

——ぢやアネ。今晩七時に日比谷のお池の側のベンチまで來給へ。目じるしに、お互に左手をハンカチで包むこと……。是非ネ。

——えゝ。きつと行くわ。

冗談に話してその場はそれですんだが、その夕、彼女は不思議に日比谷のベンチが氣にかゝつた。そして、足がひとりでに彼女を運んで、お池のほとりに來てしまつた。ところが意外にも、そこには嘘から出た眞實の左手をハンカチに包んだ男が待つてゐた。

彼女は斯うして、ついに嘆きの門をくゞつたのだつた。

乘馬ガール――九十四景――

S女學校の四年生のり子は去年落第した。その原因は乘馬だつた。

今年も著しく成績不良で、一學期も二學期も總平均點六十點以下だつた。

明日から三學期の試驗が始まらうとする日、彼女は意外にも代々木ヶ原をタ、、、と乘り廻してゐた。性懲りもなく……。

――今年もあたし……落第だわ。だつて明日から試驗といふのに、頭ん中は空ッぽなんですもの……。

彼女は馬の尻をやけにはたき乍ら、さう呟く……お尻の痛みに堪えかねて馬が荒れる……。

――いゝのよ。もつと跳ねて頂戴……そしてネ。あたしを振り落してカチ〱の地べたへたゝきつけてネ。

彼女はまた一頻り馬のお尻をはたいた。もちろん馬は棒立ちになつて狂奔した。そして小ッぴどく彼女を大地にたゝきつけた。

彼女はペチヤンコになつたまゝ、落第の圖を聯想した。

代々木ヶ原……一九二一（大正十）年発足の東京乗馬倶楽部があり、現在も活動している。

――今年落第したら眼の玉から火の出るやうに、お父さんに叱られるに違ひないわ。そしたら、あたし……家出して……マゴ〳〵して……不良靑年にとつつかまる……そして、玉の井とかへ賣り飛ばされる…… それでも關はないわ。あたしに向いてることよ。

さう誇張して考へ乍ら胸を轟かす…… 彼女は成熟期にありがちな慘虐快感病患者だつた。

ゴルフ・ガール――九十五景――

輝く碧空の下、綠の高原に行つて、白い球を搔ッ飛ばす快味を懷しんで、彼女は日曜日毎にこのリンクへやつてきた。

健康はいよ〳〵增進する……精力はついに溢れ出る……で……？で……で？……？

ある日、一人の靑年を綠の櫻蔭に誘つていつた。とある岩の上に腰をおろして、

――あら！あたしの靴下の中に蟻がはいつてるわ。とつて頂戴……。

靑年は彼女の靴下を脫いでやつた。

――あら！上の方へ這ひ上つたらしいわ。

――上の方……？上の方……？

慘虐快感病患者……マゾヒスト。

ゴルフ・ガール……娘が初心を裝って男を性交に誘い込む話だが、「白い球を搔ッ飛ばす快味」に暗喩が込められていると感じるのは想像しすぎだろうか？

この青年が上の方へ這ひ上つて行つた蟻を捕つてやつたかどうか……それは兎も角として、この日以來、彼女の健康は稍衰へ氣味となり、蒼白い顔をする日さえできてきた。

オーフヰス・ガール——九十六景——

ある暑い夏の日の午後。

丸ビルN株式會社の青年社員Aは、過つてペンを床の上に取り落した。で……彼は上體を屈めて、いま落したペンを拾はうとした。

その時、ふと眼に映つたのは机の下の世界だつた。

二本のセーラー・パンツ——開いたのや重ねたのや——白い靴——赤い靴——黒い靴——光るのや破れたのや——等々。

就中、彼の眼を瞬らせたものは……？

思ひつきり著物の裾を押し擴げて、八の字型に凉をとつてゐるふくよかな白い二本の脚……

その持主といふのは……？

花羞しい十八乙女のＦ子だつた。

オーフヰス・ガール……オフィス・ガール。モダン語辞典では「ガールはガールでもお高く止リングの女子事務員さん」（モダン語漫画辞典）と風刺されている。オフィス・ガールと並行して同時代にはビルのオフィスに勤めるＯＬを「ビル子」と言ったり、また「ビジネス・ガール」（十八景参照）と言ったりもしたが、オフィス・ガールほどには普及しなかった。ビジネス・ガールは戦後にも使われたが、一九七〇年代からＯＬ（オフィス・レディー）に取って代わり、現在に至る。

——おゝ！机上のつゝましやかなF子と、机下の八の字型のF子と……面白き對照《コントラスト》であることよ！

彼は嘆息した。そして、それ以來、ペンや消しゴムを故意に床に落す癖がついたのだつた。

大いにしば〳〵。

エンゲルス・ガール——九十七景——

會社科學の研究者——女闘士——彼女にも人並に性の悶えがあつた。

同志の青年達がパンに飢え性に悩み乍ら苦闘してゐる健氣な貌をみた彼女は、極めて單刀直入に

——愛して下さらない……？あたしも愛してあげるわ。性の方だけなりと解決してあげて、苦しみを半減させたいのよ。

彼女は數人の同志の性を片端から解決してやると同時に、自分自身の性をも解決するのだつた。

エンゲルス・ガール……マルクス・ボーイに対抗して出現したモダン語。フリードリヒ・エンゲルスはドイツの社会思想家で、カール・マルクスと共に共産主義社会の実現を目指した。改造社から刊行された『マルクス・エンゲルス全集』（一九二八〜三五）は共産主義に共鳴する学生の座右の書となった。マルクス・ボーイもエンゲルス・ガールもにわかの社会主義思想かぶれを揶揄する言葉である。

ストリート・ガール——九十八景——

銀座街を舞臺として、男を誘惑する娘……美奈子！斷然コケットでフラッパーだつた。

誘惑の方法は——？

(イ)飾窓に見入つてゐる男の側にすり寄る。

(ロ)秋波をおくる。

(ハ)微笑をおくる。

(ニ)散歩なさいません……？と話しかける。

(ホ)お茶のみません……？と話しかける。

(ヘ)成功すればホテルへ案内する。

(ト)失敗すれば『いけません。あたしの手を握つたりして……失禮な……』と、あられもない逆襲を男に浴せかける。

ストリート・ガール……街娼の意。一九二九年のＲＫＯ映画『ストリート・ガール』は街娼の話ではなく、路頭に迷った異国の娘を陽気なジャズメンたちが助けるという筋書き。ガス・アーンハイム楽団が出演してジャズを演奏する。

コケット……「媚び、べたつく、男をたらし込む（勿論女が）の意」（モダン用語辞典）で、一九二九年のメアリー・ピックフォード主演の米ユナイテッド・アーチスツ映画『コケット Coquette』によって流行した。

ポン引・ガール――九十九景――

今時田舎者でも、男のポン引にだまされるやうな間抜はゐなくなつた。そこで、新らしく出現したのが娘のポン引……彼女は美裝して兜町に現れる。一ぱしの相場師といふ面持をして。株の話とエロの仕草――兩刀を使ひ分けて田舍出の金持紳士を巧みに釣り上げる……。

――あたし、緣起のいゝ娘よ。一昨日は××株で六百圓儲けたわ。昨日は△△株を買つて八百圓儲けたのよ。

駄法螺が紅唇を割つて轉る……田舍紳士が彼女に委托する……彼女はその金をポケツトして表面買つたやうに取繕ひ、大穴をあけさせる。斯くして彼女は儲ける……少し面倒なことになると、巧みなエロで誤魔化してしまふ……常習娘ポン引だつた。

圓ダク・ガール――百景――

女運轉手槇子は夜の十時になると、助手の少女をその家に送り屆けて、十二時までの二時間

今時田舎者でも……東京駅や上野駅に巣を張って、地方からポッと出の娘を様々な甘言でたらし込んで金品を巻き上げた挙句、魔窟や銘酒屋に売り飛ばす事件が昔は多発した。今時…は、もうそんな古い手は通用しないという意味。本項ではそれどころかモガが高金利のマルチ商法とエロを駆使するのである。

を獨りで稼ぐことにしてゐた。彼女の念願を遂げるために……。

その念願とは……？

千人の男を知ること……金を吳れる男もあつた。無料の場合もあつた。しかし、彼女にとつて、それはどうでもよいのだつた。

千人の男の肌を知る……一人一夜、千人千夜を費して……。

人氣の少い薄暗い路次で車をとめて、彼女は男を誘惑する……もちろん、客車の中で……。

金を強請せぬ誘惑だけに、それは百發百中で成功した。

――これで、四百三人目が濟んだわ。

汗ばんだ肌を夜風に吹かせ乍ら、ホッとして、歸路につくのだつた。

圓タク……東京市内ならどこへでも一円で走るタクシーのことであるが、タクシー間の乗客争奪競争で実質的には市内五十銭で乗せた。一冊一円の円本、一泊一円の円宿とともに人口に膾炙した。

圓ダク・ガール……タクシーにも高級車と、大衆車が混在していた。大衆車の代表フォードでも新車は二千円台と高額なので、多くは中古車であった。そのため大衆車のタクシーをボロタクとも称した。当時のタクシーは運転手のほかに客に声をかけて値段交渉する助手を乗せていた。ボロタクが客を拾うために編み出したのが、美人で客を釣る円タク・ガールである。円タク・ガールは気のありげなウインクで客をタクシーにくわえ込むと、ほどよく走ったところで降りて次の客を物色するのだという。本項は珍しい女性運転者の行状で、タイトルは円タクと（男を）抱くを掛けている。

SEIBUNDO'S

IO SEN LIBRARY

（禁）

昭和五年十二月二十三日処分※

昭和五年十一月　十　日印　刷
昭和五年十一月十五日發　行

エロ・エロ娘百景
定價金十錢

著　者　壹岐晴子
發行者　小川菊松
東京・神田・錦町一ノ一九
印刷者　太田米吉
東京・神田・錦町三ノ五
印刷所　合名會社太田印刷所

東京市神田區錦町一ノ一九
發行所　誠文堂
電話神田四七一一・三二一七・三二九六・四三三九
振替東京六・二九四番

※入手時点で奥付に（禁）の赤色押印と（発禁）処分日の書き込みがあった。誰の手によるものかは不明。

第一期刊行書目

16 建築様式の話　岸田日出刀
17 新聞の話　岡見護郎
18 經濟記事の見方　長谷川光太郎
19 合名、合資、株式會社の知識　山口丈雄
20 豫算の話　中津海知方
21 議會政治と政黨　山浦貫一
22 尖端を行くレヴュー　川口松太郎
23 映畫のＡＢＣ　古川綠波
24 菊の栽培法　石井勇義
25 樂譜の見方　小松耕輔
26 洋畫の描き方　東郷青兒
27 西洋笑話　鶉沼直
28 世界一物語　妹尾太郎
29 最新撞球術　新田恭一
30 宴會・作法・禮裝　ハリー・ウシヤマ

第二期刊行書目

63	女ばかりの衛生	菱苅實雄
64	趣味の生體科學	竹村文祥
65	胎教と優生學	島田廣
66	エロエロ東京娘百景	壹岐はる子
67	東京盛り場風景	酒井眞人
68	京阪盛り場風景	岸本水府
69	上海どん底風景	八甲田文彥
70	東京名物食べある記	松崎天民
71	京坂名物食べある記	同
72	全國名物食べある記	松川二郎
73	合法的電車汽車安乘法	同
74	病氣によく利く溫泉案内	
75	素人手品一百種	松旭齊天勝
76	麻雀必勝法	廣津和郎
77	麻雀高等新戰術	川崎備寛
78	麻雀ガメクリと早上り法	同
79	麻雀超スピード上達法	空閑緑
80	相撲の話	細川卯一郎
81	ゴルフ入門	赤星四郎
82	圖解柔道入門	岡善次
83	圖解劍道入門	小西康裕
84	早慶野球年史	廣津和郎
85	六大學リーグ戰史	蕐田公平
86	スキー入門	石原次男
87	スケート入門	柴山雄三郎
88	陸上競技入門	加賀一郎
89	聯珠初段になるまで	高木樂山
90	圍碁初段になるまで	久保松勝喜代
91	日本一物語	妹尾太郎
92	續西洋笑話	鵜沼直
93	社交ダンスの奧儀	玉置眞吉

遞信省無線係官諸氏共同執筆	無線科學大系	1[illegible]版	四六倍判 總クロース 七百餘頁	定價 七、〇〇	送料 、三六
苦米地貢著	大無線學集粹	12版	菊大判函入 總クロース 八百餘頁	定價 五、〇〇	送料 、三六
中上豊吉 伊藤豊 共著	無線電信電話機器の調整及運用	5版	菊大判函入 總クロース 七五〇頁	定價 五、〇〇	送料 、二七
理學士 原田三夫著	誰にも分るラヂオの製作と原理	22版	四六判函入 總クロース 三百餘頁	定價 一、八〇	送料 、一八
清水正巳著	外交販賣術	25版	四六判函入 總クロース 三百餘頁	定價 二、〇〇	送料 、一八
清水正巳著	小資本成功法	18版	四六判函入 總クロース 二百餘頁	定價 一、八〇	送料 、一八
山下實治著	月給取より商人へ	5版	四六判函入 總クロース 三百五十頁	定價 一、五〇	送料 、一八

あとがき

近著『ニッポン　エロ・グロ・ナンセンス　昭和歌謡の光と影』（講談社選書メチエ　二〇一六）を書いたとき、『エロ・エロ東京娘百景』の書名だけは著作の中に紛れ込んでいた。そもそもエロとは何ぞや？　というお話でエロチック、エロチシズムの短縮形として「エロ」が提唱（というほど高尚ではないが）され、その派生語として「エロエロ」が生まれたという絡みで、かの有名な『エロエロ草紙』とともに紹介したにすぎない。ところが校了後にたまたま、その『エロ・エロ東京娘百景』を手に入れてしまった。エロが取り持つ合縁奇縁である。

今さら内容を追加して盛り込むことなんてできないなー、もうちょっと早く手に入れていたらなー、といささか口惜しい思いで同書を紐解くと、これが面白い。中途半端に使い捨てるにはもったいない快著であった。しかも、あいにくというか幸いというか国立国会図書館をはじめとして公立図書館に所蔵されていない稀少な書籍である。がぜん、これは復刻するしかない。いや復刻すべきだ、と妙な使命感で思い立ってえにし書房の塚田敬幸氏に持ちかけたところ意気投合して生まれたのが、本書である。復刻への賛意とご厚意に感謝申し上げる次第である。

十銭文庫のオリジナルは文庫サイズより細身で若干縦長。活字も八ポイント相当と小さめなので、原寸大だと読みづらい。そこで一二五％に拡大し、必要と思われる脚注を添えたワイド復刻版として二〇一七年の現代に甦らせた。大出世である。二〇一四年一月、ちょうど自動車に轢かれて入院していた最中に発売したＣＤ『ねえ興奮しちゃいやよ　昭和エロ歌謡全集』（ぐらもくらぶ）と、その内容を大幅に敷衍した著作『ニッポン　エロ・グロ・ナンセンス　昭和歌謡の光と影』からさらに一歩進んで、発禁本の復刻を閲することで昭和初期のエロ・グロ・ナンセンスをよりエモーショナルに理解して頂くことができれば、監修者としてこれほど嬉しいことはない。

さてこの『エロ・エロ東京娘百景』、面白いといってもはじめは具体的に何が面白いのか分からなかったが、何度か読み返しているうちに、この面白味の正体は内容そのものよりもセンスよく掬いあげた時代の空気なのだ、ということに思い至った。昭和初期の空気をとじこめた書物は沢山ある。たとえば『銀座通』『日本歓楽境案内』のような現代的な市街やカフェー・遊廓など盛り場を案内する本、たとえば『モデルノロヂオ』のような観察と統計を用いた社会科学の奇書、『るつぼはたぎる』や『エロエロ草紙』のような軟派風俗本。いずれも昭和初期の空気を呼吸しながら、時代の空気を凝縮した缶詰となっている。『エロ・エロ東京娘百景』はすでに紙媒体でも復刻された『エロエロ草紙』（彩流社より二〇一三年に刊行）に似た遊蕩気分あふれるテイストではあるが、漫画、コント、詩とバラエティーに富んだ『エロエロ草紙』と異なって、東京にフォーカスを絞った短篇コントがストイックに活字のみで百篇寄せられている。もっとも簡素な十銭文庫であれば挿絵を入れるなどという贅沢は許されようはずもない。昭和初期の軟派本には扇情的なタイトルで買わせて、頁を開くと活字がぎっちりというものも少なくないが、会話体や表（後述）を配置した百景は思いのほか目に心地よく、軽く読み飛ばせる。

百景のうち半分くらいは銀座、京橋、日本橋、丸の内を中心としている。芝浦や亀戸などプロレタリアの闊歩する街も出てくるが全体を通してブルジョワとプロレタリアの対立項は皆無で、ビジネス街と遊歩街で重層的に奏でられるフリーダムな恋愛模様に作者の興味は集中している。それは、ちょうどビルの窓のそれぞれの部屋で繰り広げられている情事を順ぐりに覗き見ているような感覚だ。しかし谷崎潤一郎や川端康成や龍胆寺雄の都市文学のようには執拗に書き込まれていない。街の一角を切り取ったスナップショットである。一篇一篇はあっさりした筆致だが、登場人物はいずれもキャラが立っていて、けしからん程あっけらかんと性の歓喜を謳歌する。

それは反面、一九三〇年前後の社会情勢をよそに享楽という面しか描いていないということにもなる。貴司山治のプロレタリア大衆小説『ゴー・ストップ』（中央公論社　一九三〇）が本所深川で労働争議に明け暮れる社会闘争をテーマとし、落合村（現新宿区落合）にプロレタリア作家が集って林芙美子が転居してきたりなどしてきた同時代に芝浦、亀戸の職工娘の性欲を描くというのは、見ようによってはプロレタリア作家への挑発にすら思える。当時の文芸界は吉行エイスケや龍胆寺雄など新興芸術派とプロレタリア作家派の激烈な対立があった。そういう時代ならではの闘争世界から乖離しているからだろうか。ここに出てくる娘たちのエモーションはいっそ二〇〇〇年代の現代っ娘となんら違わない。名作でも名文でもない、ゴシップ雑誌の埋草記事のような雑文は時として時代を突き抜ける。

ヒロインたちのキャラが際立っているのは、背景がかつて現実に存在した、あるいは現在も存在する街や通りや建物だから、ということもある。幸運にも発売禁止処分が下る前にこの本を手にした読者は、既視感ににやつきながら一つ一つの小さな情景を楽しんだことであろう。イニシャル化の処理がなされているとはいえ東京の住民ならよく知っているはずのM百貨店やS百貨店、丸ビル、神宮外苑、Mキャラメルや H製薬、S製作所が都市の記号として機能し、小さな物語をいきおい立体化して現実の出来事と錯覚させる。現代のテレビドラマが中目黒や吉祥寺を舞台としているのと同じ仕掛けが、昭和初期にすでに用意されているのである。『エロ・エロ東京娘百景』の内扉には

近代娘は奔放だ。
近代娘はエロチックだ。
近代娘はジヤヅ的だ。

という気分の高揚する言葉が掲げられている。この三行が全てを言い尽くしているといっても過言ではないだろう。実のところ、『エロ・エロ東京娘百景』を彩る娘たちは、フラッパーばかりではない。初心な娘、刺戟を求める娘、男を買う娘・遊廓へ通う娘、自分を売る娘、恋に恋する娘、受動的な娘、同性愛に目覚めた娘、独り慰める娘、キス魔その他のフェチ娘、悩める娘、恋愛そこのけでしたいことに邁進する娘。娘の数だけ生態がある。

刹那的・即物的な彼女たちの（おそらく大部分は架空の）行状は、時として予定表や恋のお値段表、男たちの評価表、計算式を挿し挟んだルポルタージュとして表現されている。男性にも女性にも能動的に発展する娘は一九三〇年のモダニズムの申し子だ。そこには、吉行エイスケが好んで描いたボーイッシュで精神的に自立した女性像を重ね合わることもできよう。

「あたしは永久に結婚なぞしないわ」（レスピヤ・ガール）

「あたしはあたしで働くから……どう……？　結婚しちまッちや……？」（友愛結婚）

「売つたのぢやないのよ。たゞネ。お互に慰めあつただけなのよ。お金なぞ要らないわ」（ゲーム・ガール）

「あなたを愛してるんぢやないのよ。あなたがスポーツマンであることを愛してゐるのよ」（スポーツ・ガール）

「あたしは人から愛されることは嫌ひなの。人を愛することは好きなの」（コーラス・ガール）

このような観念的な言葉は、川端康成の『浅草紅団』に登場する「私は食物と享楽のある世界へ出て行くんだわ」「私を唯物的に愛してね」というカジノ・フォーリーの舞台のセリフと同じ空気で紡がれている。この「私」の主張は家族制度社会が都会でも根強かった当時にあっては新鮮に映ったであっただろうし、この本の著者である壱岐はる子の理想像でもあったのだろう。のちにレコード検閲が始まってから「製絲情話」が「我国古来の美風美俗たる家族制度に背反し、恋愛至上主義に奔らしむる嫌あり」として発売禁止処分（一九三五年十二月）となったことを思い合わせると、本書に見られる奔放な「私」の描写も家族制度の否定につながるとして発売禁止の要因となったのではないかと考えられる。

吉行エイスケは川端の浅草紅団を「アスファルトのうえの踊り子を感じ、地下鉄ビルヂングにおける新経営への雰囲気を読者に感じさせた作者の時代に対する鋭さに少からず驚嘆させられた」と評価している。一瞬一瞬の情景と感情のモンタージュという点で、川端康成と吉行エイスケと『エロ・エロ東京娘百景』は血縁関係にある。この小さな百景は、虚実皮膜にありながら、昭和初期の裸の東京を描いている。そうして、読む人はここに描かれた都会のモンタージュにそっと現代社会を重ね合わせてみたくなるであろう。それこそが本書を復刻する意義である。……ところで、およそ素人作家とは思えぬ壱岐はる子よ。君はいったい何者なのだ？

二〇一七年　七月

毛利眞人

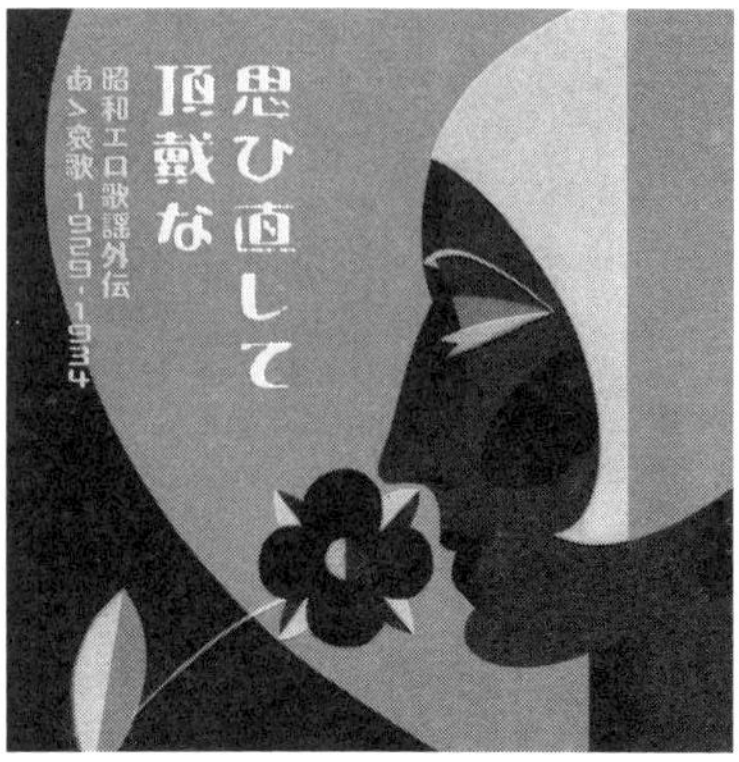

〔監修者紹介〕

毛利 眞人（もうり まさと）

1972年生まれ。音楽評論家・レコード史研究家。

単著に「貴志康一　永遠の青年音楽家」（国書刊行会 2006）、「ニッポン・スウィングタイム」（講談社 2010）、「沙漠に日が落ちて　二村定一伝」（講談社 2011）、「ニッポン・エロ・グロ・ナンセンス」（講談社 2016）が、共著に「モダン心斎橋コレクション」（国書刊行会）、「浅草オペラ　舞台芸術と娯楽の近代」（森話社）などがある。

2001年から2011年まで関西発NHKラジオ深夜便「懐かしのSP盤コーナー」に音源と解説を提供。また「日本SP名盤復刻選集」（ローム）、「ねえ興奮しちゃいやよ　昭和エロ歌謡全集」（ぐらもくらぶ）、「ニッポン・エロ・グロ・ナンセンス　モガ・モボ・ソングの世界」（ビクターエンタテインメント）をはじめとして、SP盤復刻CDの音源提供・監修を手がけている。SP盤を用いたコンサートやイベントも行なっている。

ぐらもくらぶシリーズ③
【ワイド復刻版 解説付】エロ・エロ東京娘百景

2017年 8月10日 初版第1刷発行

■著　者　壱岐はる子
■監修者　毛利眞人
■発行者　塚田敬幸
■発行所　えにし書房株式会社
〒102-0074 東京都千代田区九段南2-2-7 北の丸ビル3F
TEL 03-6261-4369　FAX 03-6261-4379
ウェブサイト　http://www.enishishobo.co.jp
E-mail　info@enishishobo.co.jp

■印刷／製本　モリモト印刷株式会社
■組版／装幀　板垣由佳

ISBN978-4-908073-42-7 C0036

軍歌こそ“愛国ビジネス”の原型である!

ぐらもくらぶシリーズ①

愛国とレコード

幻の大名古屋軍歌とアサヒ蓄音器商会　辻田真佐憲 著

定価 1,600 円+税／ A5 判 並製／ ISBN978-4-908073-05-2 C0036

大正時代から昭和戦前期にかけて名古屋に存在したローカル・レコード会社アサヒ蓄音器商会が発売した、戦前軍歌のレーベル写真と歌詞を紹介。詳細な解説を加えた異色の軍歌・レコード研究本。

「平成のペラゴロ」による浅草オペラ本の決定版!

ぐらもくらぶシリーズ②

あゝ浅草オペラ

写真でたどる魅惑の「インチキ」歌劇　小針侑起 著

定価 2,500 円+税／ A5 判 並製／ ISBN978-4-908073-26-7 C0076

未発表の貴重な秘蔵写真 200 余枚を収載。浅草オペラから輩出した大スターたちの知られざる記録から、浅草オペラに関する盛衰を詳細に綴る歴史資料価値の高い 1 冊。大正ロマン・大衆芸能の粋が 100 年の時を経てよみがえる。

民衆《たみ》の声《うた》を聴け

唖蟬坊《あぜんぼう》伝

演歌と社会主義のはざまに　藤城かおる 著

定価 3,000 円+税／ A5 判 並製／ ISBN978-4-908073-41-0 C0023

明治・大正・昭和をあくまで演歌師として生きた唖蟬坊の足跡に見え隠れする演歌史、社会史、民衆史を膨大な資料と丹念な調査で掬い上げる。とりわけ代表作「社会党ラッパ節」の時代背景から製作過程等の詳細な検証は、時代を超えて人々の心を打つ演歌の精髄に迫る渾身の論考。

電車運賃値上げ反対運動、高島炭礦の惨状の詳細解説、唖蟬坊年表、演歌索引など、時代を伝える貴重な資料を掲載。附録として唖蟬坊ら演歌師が販売した「平民あきらめ賦詩」歌本見本を収録。